U0079190

日檢

單字+文法

一本搞定N2

OPEN

國家圖書館出版品預行編目資料

日檢單字+文法一本搞定N2 / 雅典日研所編著
--二版. -- 新北市 : 雅典文化, 民108.11
面 ; 公分. -- (全民學日語 ; 52)
ISBN 978-986-97795-5-5(平裝附光碟片)
1. 日語 2. 詞彙 3. 語法 4. 能力測驗
803.189 108015713

全民學日語系列 52

日檢單字+文法一本搞定N2

企編／雅典日研所
責任編輯／許惠萍
內文排版／王國卿
封面設計／林鈺恆

法律顧問：方圓法律事務所／涂成樞律師

總經銷：永續圖書有限公司
永續圖書線上購物網
www.foreverbooks.com.tw

CVS代理／美璟文化有限公司
TEL：（02）2723-9968
FAX：（02）2723-9668

出版日／2019年11月

雅典文化

出版社
22103 新北市汐止區大同路三段194號9樓之1
TEL （02）8647-3663
FAX （02）8647-3660

版權所有，任何形式之翻印，均屬侵權行為

50音基本發音表

清音

track 002

a	ㄚ	i	ㄧ	u	ㄨ	e	ㄝ	o	ㄡ
あ	ア	い	イ	う	ウ	え	エ	お	オ
ka	ㄎㄚ	ki	ㄎㄧ	ku	ㄎㄨ	ke	ㄎㄝ	ko	ㄎㄡ
か	カ	き	キ	く	ク	け	ケ	こ	コ
sa	ㄙㄚ	shi	ㄒ	su	ㄙ	se	ㄙㄝ	so	ㄙㄡ
さ	サ	し	シ	す	ス	せ	セ	そ	ソ
ta	ㄊㄚ	chi	ㄑㄧ	tsu	ㄘ	te	ㄊㄝ	to	ㄊㄡ
た	タ	ち	チ	つ	ツ	て	テ	と	ト
na	ㄋㄚ	ni	ㄋㄧ	nu	ㄋㄨ	ne	ㄋㄝ	no	ㄋㄡ
な	ナ	に	ニ	ぬ	ヌ	ね	ネ	の	ノ
ha	ㄏㄚ	hi	ㄏㄧ	fu	ㄈㄨ	he	ㄏㄝ	ho	ㄏㄡ
は	ハ	ひ	ヒ	ふ	フ	へ	ヘ	ほ	ホ
ma	ㄇㄚ	mi	ㄇㄧ	mu	ㄇㄨ	me	ㄇㄝ	mo	ㄇㄡ
ま	マ	み	ミ	む	ム	め	メ	も	モ
ya	ㄧㄚ			yu	ㄧㄩ			yo	ㄧㄡ
や	ヤ			ゆ	ユ			よ	ヨ
ra	ㄌㄚ	ri	ㄌㄧ	ru	ㄌㄨ	re	ㄌㄝ	ro	ㄌㄡ
ら	ラ	り	リ	る	ル	れ	レ	ろ	ロ
wa	ㄨㄚ			o	ㄡ			n	ㄣ
わ	ワ			を	ヲ			ん	ン

濁音

track 003

ga	ㄍㄚ	gi	ㄍㄧ	gu	ㄍㄨ	ge	ㄍㄝ	go	ㄍㄡ
が	ガ	ぎ	ギ	ぐ	グ	げ	ゲ	ご	ゴ
za	ㄗㄚ	ji	ㄐㄧ	zu	ㄗ	ze	ㄗㄝ	zo	ㄗㄡ
ざ	ザ	じ	ジ	ず	ズ	ぜ	ゼ	ぞ	ゾ
da	ㄉㄚ	ji	ㄐㄧ	zu	ㄗ	de	ㄉㄝ	do	ㄉㄡ
だ	ダ	ぢ	ヂ	づ	ヅ	で	デ	ど	ド
ba	ㄅㄚ	bi	ㄅㄧ	bu	ㄅㄨ	be	ㄅㄟ	bo	ㄅㄡ
ば	バ	び	ビ	ぶ	ブ	べ	ベ	ぼ	ボ
pa	ㄆㄚ	pi	ㄆㄧ	pu	ㄆㄨ	pe	ㄆㄝ	po	ㄆㄡ
ぱ	パ	ぴ	ピ	ぷ	プ	ぺ	ペ	ぽ	ポ

拗音

●track 004

kya	ㄎ一ㄚ	kyu	ㄎ一ㄩ	kyo	ㄎ一ㄡ
きゃ	キャ	きゅ	キュ	きょ	キョ
sya	ㄒ一ㄚ	syu	ㄒ一ㄩ	syo	ㄒ一ㄡ
しゃ	シャ	しゅ	シュ	しょ	ショ
cya	ㄑ一ㄚ	cyu	ㄑ一ㄩ	cyo	ㄑ一ㄡ
ちゃ	チャ	ちゅ	チュ	ちょ	チョ
nya	ㄋ一ㄚ	nyu	ㄋ一ㄩ	nyo	ㄋ一ㄡ
にゃ	ニャ	にゅ	ニュ	にょ	ニョ
hya	ㄏ一ㄚ	hyu	ㄏ一ㄩ	hyo	ㄏ一ㄡ
ひゃ	ヒャ	ひゅ	ヒュ	ひょ	ヒョ
mya	ㄇ一ㄚ	myu	ㄇ一ㄩ	myo	ㄇ一ㄡ
みゃ	ミャ	みゅ	ミュ	みょ	ミョ
rya	ㄌ一ㄚ	ryu	ㄌ一ㄩ	ryo	ㄌ一ㄡ
りゃ	リャ	りゅ	リュ	りょ	リョ

gya	ㄍ一ㄚ	gyu	ㄍ一ㄩ	gyo	ㄍ一ㄡ
ぎゃ	ギャ	ぎゅ	ギュ	ぎょ	ギョ
jya	ㄐ一ㄚ	jyu	ㄐ一ㄩ	jyo	ㄐ一ㄡ
じゃ	ジャ	じゅ	ジュ	じょ	ジョ
jya	ㄐ一ㄚ	jyu	ㄐ一ㄩ	jyo	ㄐ一ㄡ
ぢゃ	ヂャ	ぢゅ	ヂュ	ぢょ	ヂョ
bya	ㄅ一ㄚ	byn	ㄅ一ㄩ	byo	ㄅ一ㄡ
びゃ	ビャ	びゅ	ビュ	びょ	ビョ
pya	ㄆ一ㄚ	pyu	ㄆ一ㄩ	pyo	ㄆ一ㄡ
ぴゃ	ピャ	ぴゅ	ピュ	ぴょ	ピョ

● | 平假名 | 片假名 |
|---|---|

各詞類接續及變化例

動詞變化

[動－辞書形]：書く

[動－ます形]：書き

[動－ない形]：書か

[動－ない形]＋ない：書かない

[動－て形]：書いて

[動－た形]：書いた

[動－可能]：書ける

[動－ば]：書けば

[動－命令形]：書け

[動－意向形]：書こう

[動－受け身]：書かれる

[動－使役]：書かせる

[動－使役受身]：書かせられる
（短縮形：書かされる）

い形容詞

[い形－〇]：楽し

[い形－く]：楽しく

[い形－い]：楽しい

[い形－ければ]：楽しければ

な形容詞

[な形－○]：静か

[な形－なら]：静かなら

[な形－な]：静かな

[な形－である]：静かである

名詞

[名]：先生

[名－なら]：先生なら

[名－の]：先生の

[名－である]：先生である

普通形

動詞	書く	書かない
	書いた	書かなかった
い形	楽しい	楽しくない
	楽しかった	楽しくなかった
な形	静かだ	静かではない
	静かだった	静かではなかった
名詞	先生だ	先生ではない
	先生だった	先生ではなかった

名詞修飾型

動詞	書く	書かない
	書いた	書かなかった
い形	楽しい	楽しくない
	楽しかった	楽しくなかった
な形	静かな	静かではない
	静かだった	静かではなかった
名詞	先生の	先生ではない
	先生だった	先生ではなかった

文法篇

單字篇

OPEN

文法篇

あ行

～あげく（に）

●track 005

結果

接續

動－た形＋あげく

名－の＋あげく

例句

❀ 散々迷ったあげく、アメリカには行かないことにした。

左思右想的結果，決定不去美國了。

❀ 長時間の議論のあげく、今回の件は中止に決まった。

長時間討論的結果，決定中止這次的事情。

～あまり

●track 005

太…；過於…

接續

動－辭書形＋あまり

動－た形＋あまり

な形－な＋あまり

名－の＋あまり

例句

❀ うれしさのあまりに涙が出る。

喜極而泣。

❀ 案件の成立を急ぐあまり委員会が混乱した。

太急著成立案子造成委員會一片混亂。

❀ 効果を期待するあまり量を多く摂ってしまう。

太期待它的效果導致攝取過多。

❀ 考えすぎたあまり、よい結果にならなかった。

想太多而沒有好結果。

❀ 彼女は多忙なあまり、胃腸炎で倒れてしまった。

她因為太忙而造成腸胃炎病倒。

～以上（は）

•track 006

既然…就…

接續

[動詞、い形]名詞修飾型＋以上(は)

名－である＋以上(は)

な形－な/な形－である＋以上(は)

比　較

後面通常接上表示要求、禁止、義務、推斷、建議等表示說話者判斷的句型。和「～からには」類似。

例　句

❀ ホームページを開設している以上、責任をもって欲しい。
既然開設了網頁，就希望你能負起責任。

❀ 拝命した以上は全力を尽くす。
既然接受了任命，就會盡全力去做。

❀ プロ選手である以上、日頃トレーニングや自己管理をするは当たり前のことなのだ。
既然身為職業選手，日常的訓練和自我管理就是理所當然的。

❀ 給料がこんなに安い以上は、転職を考える人がいるのも当然だ。
既然薪水這麼少，有人考慮換工作也是正常的。

❀ 相手が試合続行不可能である以上、仕方がありません。
既然對方不能繼續比賽，那就沒辦法了。

～一方 •track 006
另一方面；一方面

接續

[動詞、い形]名詞修飾型+一方

名－名詞修飾型/名－である+一方

な形－な/な形－である+一方

比較

和「一方で（は）」相同

例句

❀ 調査では、三大都市圏において「生活道路や幹線道路の整備の状況」の重要度は71％と高い一方、満足度は44％と低い。

根據調查，三大都會圈內認為「生活道路和幹線的完善狀況」重要度高達71％，另一方面滿意度卻只有44％。

❀ 彼は有名な小説家である一方、医者でもある。

他是有名的小說家，同時也是醫生。

❀ 日本の大学生が就職できずにいる一方、外国人留学生は企業に大人気だ。

相對於日本大學生就業困難，外國留學生卻大受企業歡迎。

❀ 日本は生物多様性が豊かな一方、絶滅の危機に直面している生物が多い。

日本雖然有豐富多樣的生物，但許多物種卻面臨著絕種的危機。

❀ 北の先進国は経済的に豊かである一方、南の発展途上国では、依然として多くの人々は貧困や飢餓などの深刻な状態から抜け出せずにいる。

相對於北方先進國家經濟發達，南方的發展中國家仍然有許多人無法脫離嚴重貧困和飢餓的狀態。

～一方で（は）

•track 007

一方面；因一方面；

接續

[動詞、い形]名詞修飾型＋一方で(は)

名－名詞修飾型/名－である＋一方で(は)

な形－な/な形－である＋一方で(は)

例句

❀ 彼は冒険家のように大胆である一方で統計学者のように緻密でもある。

他像冒險家一樣大膽，同時也像統計學者一樣細心。

❀ 理想を追求する一方で適度な諦めも必要である。

追求理想的同時，適度的放棄也是必要的。

❀ アジア地域には、生物多様性が豊かな一方で、自国内の生物について情報の収集や研究が進んでいない国々が多い。

亞洲地區物種豐富，同時也有許多國家進行本國生物情報的收集和研究。

❀ わが国は、人口が多く、経済が相対的に豊かである一方で、食料自給率がきわめて小さい。

我們國家人口眾多經濟發達，相對的食物自給率卻很低。

❀ 日本人大学生の就職難が深刻化する一方で、外国人採用を増やす企業が相次いでいる。

日本大學生就職困難，相對的增加採用外國人的企業卻相繼出現。

❀ 国内の生産が減少する一方では、海外からの輸入が増えた。

相對於國內生產減少，由海外來的輸入卻增加了。

～一方だ　•track 007
一直…；不斷…

接續

動─辞書形＋一方だ

比較

「一方だ」是表示事態越來越嚴重，或不斷累積之意。

例句

❀ 仕事が溜まる一方だ。

工作越積越多。

❀ 近くに工場ができたため、空気は汚くなる一方だ。

因為附近有工廠，所以空氣污染越來越嚴重。

～て以来　•track 008
在…之後

接續

動─て形＋以来

比較

用在「一件事情發生後一直持續到現在」的情況。

例句

❀ 結婚(けっこん)して以来(いらい)、体重(たいじゅう)が増(ふ)え続(つづ)けている。

自從結婚以來，體重就持續增加。

❀ 初(はじ)めて彼女(かのじょ)に会(あ)って以来(いらい)，すっかり魅(み)せられてしまった。

從第一次見到她以來，就深深對她著迷。

～上(うえ)（に）

• track 008

再加上；而且；不僅

接續

[動詞、名詞、い形、な形]名詞修飾型＋上(うえ)(に)

例句

❀ この著者(ちょしゃ)の本(ほん)は面白(おもしろ)い上(うえ)にためになる。

這個作者的書不但有趣而且有用。

❀ 新型(しんがた)インフルエンザは高熱(こうねつ)が出(で)る上(うえ)、腹(はら)にも来(く)る。

新流感不但會造成高燒，而且還會造成腸胃不適。

❀ となりのカフェは居心地(いごこち)がいい上(うえ)にパフェがおいしい。

隔壁的咖啡廳不但環境舒適，聖代也很美味。

❀ 新しい家は部屋が広くて快適な上に、交通が便利です。

新家不但房間大又舒服，交通也很方便。

❀ 調光器は照明の必要がないときには消しやすく、便利さの上に省エネにも貢献します。

調光器在不需要的時候可以輕鬆關掉電燈，不但方便而且對節省能源也有貢獻。

～上で（は） ●track 009

在…之後

接　續

動―た形＋上で(は)

名―の＋上で(は)

比　較

和「～上の」「～上での」相同。

例　句

❀ よく考えた上で、返事をするつもりだ。

打算等仔細思考之後，再回覆。

❀ ご購入の前に、必ず「お支払い方法」をご確認の上でお求めください。

在購買之前，一定要先確認過「付款方式」之後再訂購。

～上(うえ)で（は）　●track 009
在…的情況下；在…條件範圍內

接續

動—辞書形＋上(うえ)で(は)

名—の＋上(うえ)で(は)

比較

和「～上でも」「～上での」相同

例句

❀ この行為(こうい)は法律(ほうりつ)の上(うえ)では禁止(きんし)だが、守(まも)らない人(ひと)も多(おお)い。

這個行為在法律上雖被禁止，但不遵守的人很多。

❀ 一人暮(ひとりぐ)らしする上(うえ)で大事(だいじ)なポイントは何(なん)でしょうか。

關於獨居最重要的一點是什麼呢？

～上(うえ)での　●track 009
在…之後

接續

動—た形＋上(うえ)での

名—の＋上(うえ)での

例　句

❀ これは正しい情報を得た上での合意です。

這是在得到正確情報後所做出的協議。

❀ 熟慮の上での判断です。

這是深思熟慮後下的判斷。

～上での　　• track 009

在…的情況下；在…條件範圍內

接　續

動—辭書形＋上での

名—の＋上での

例　句

❀ 立秋は暦の上での秋の始まりです。

立秋就是在曆法上秋天的開始。

～上でも　　• track 010

在…之後

接　續

動—た形＋上でも

名—の＋上でも

例句

❀ 契約を交わした上でも雇用期間内にクビになることもあります。

即使已經簽了合約，也可能在雇用期間內被開除。

❀ 使用状況をご確認の上でも改善されない場合にはお電話でのお問い合わせをお願いいたします。

在確認了使用狀況之後仍沒有改善的時候，請打電話來詢問。

～上でも ●track 010

在…的情況下；在…條件範圍內

接續

動─辭書形＋上でも

名─の＋上でも

例句

❀ 目標を持つことが仕事をする上でも、遊ぶ上でも大事だ。

懷有目標這件事不論是在工作上還是在玩樂上都很重要。

❀ 酒の上でも礼儀が有ります。

就算是喝了酒也該有基本禮儀。

～上の
在…之後

●track 010

接續

動－た形＋上の

名－の＋上の

例句

❀ これはすべてを考えた上の結論です。

這些都是思考後做的結論。

❀ サイズ等ご確認の上のご注文をお願いいたします。

請確認尺寸之後再訂貨。

～上の
在…的情況下；在…條件範圍內

●track 011

接續

動－辭書形＋上の

名－の＋上の

例句

❀ 留学前にオーストラリアで生活する上の注意点を調べる。

在留學之前先調查在澳洲生活上應注意的事項。

❀ 法律の上の罪を犯したものは罰を受ける。
犯下法律上罪行的人就會受罰。

～上は　●track 011
既然…

接續

動―辭書形＋上は
動―た形＋上は

例句

❀ 言い出した上は、貫かなければならない。
既然說出口了，就一定要貫徹。

❀ 「やる」と言った上は、絶対にやるだろう。
既然說了要做，就一定會做吧。

❀ 入学する上は卒業したい。
既然入學了就想畢業。

～(よ)うじゃないか　●track 012
一起來…吧

接續

動―意向形＋じゃないか

比較

和「～(よ)うではないか」相同

例句

❀ 手に手を取り合って共にこの苦境を乗り越えようじゃありませんか。

讓我們手牽手一起渡過這個難關吧。

❀ 遊ぼうじゃないか。

我們一起玩吧。

～(よ)うではないか ●track 012
一起來…吧

接續

動－意向形＋ではないか

例句

❀ 毎日魚を食べようではないか。

每天一起來吃魚吧。

❀ この町のイメージを変えようではありませんか。

一起來改變這個城市的形象吧。

～うちに
趁…

track 012

接續

動─辞書形＋うちに

動─ない形＋ない形＋うちに

い形─い＋うちに

な形─な＋うちに

名─の＋うちに

例句

❀ コーヒーが冷めないうちに、お召し上がりください。

趁咖啡還沒冷快享用。

❀ コーヒーが温かいうちに砂糖を入れて溶かします。

趁咖啡還熱的時候加入砂糖溶解。

❀ 今日のうちに買い物を済ませる。

趁今天之內買好東西。

❀ 上海にいるうちに中華料理の腕を磨きたいと思っている。

趁著在上海的時候磨練煮中國菜的技術。

～うちに　●track 012
在…期間

接　續

動—辭書形＋うちに

動—ない形＋ない形｜うちに

い形—い＋うちに

な形—な＋うちに

名—の＋うちに

例　句

❀ 爬虫類、両生類は飼っているうちに可愛くなってくる。

爬蟲類、兩生類的動物，養著養著就會覺得可愛了。

❀ どんなことでも、やり続けているうちに楽しくなる。

不管什麼事，只要繼續下去就會變得快樂。

❀ 二人が話し合ううちに価値観の違いがどんどん明らかになった。

兩個人在談話之中漸漸明白到彼此價值觀的不同。

❀ 友人の性格がしばらく会わないうちに変わってしまいました。

在沒有見面的日子裡，朋友的個性有了轉變。

～得る　　●track 013
可能…

接續

動－ます形＋得る

例句

❀ 彼の話が全部うそだということは十分考え得ることだ。

他的話全都是謊言，是很有可能的事。

❀ 現時点で考え得る限りの最強の組み合わせ。

現在想得到最強的組合。

❀ でき得るならば子供にとって最良の環境を与えてやりたい。

如果可以的話，想要給孩子最好的環境。

❀ どうすれば自殺を防ぎ得たのか。

要怎麼樣才能夠防止自殺呢？

～得ない　　●track 013
不可能…

接續

動－ます形＋得ない

比　較

「得ない」是「得る」的否定形。

例　句

❀ そんなことはあり得(え)ない。

那事情絕對不可能。/那件事真是不可理喻。

～おかげだ　•track 014
歸功於…；託…的福

接　續

[動詞、名詞、い形、な形]名詞修飾型+おかげだ

比　較

和「～おかげで」相同。

例　句

❀ お前(まえ)が一人前(いちにんまえ)になれたのは、一体誰(いったいだれ)のおかげだと思(おも)っているんだ。

你能夠獨當一面，是托誰的福你知道嗎？

❀ 今日(きょう)の勝利(しょうり)の半分(はんぶん)は、あなたのおかげです。

今天的勝利，有一半是托你的福。

❀ 助(たす)かったのは神様(かみさま)のおかげだと思(おも)っています。

能夠獲救都是老天保祐。

❀ 初学でなんとか合格できたのは先生の熱心な講義を1年間真面目に聞いたおかげだと思っております。

身為初學者竟然可以合格，都是因為在1年中認真聽了老師熱心的講課。

❀ 福岡市が大都市に発展できたのは、空港と都心が近いおかげだと思います。

我覺得福岡市能夠發展成大都市，是因為機場離市中心很近的關係。

❀ 留学生活が寂しくないのは、大家さんが親切なおかげだ。

留學生活不寂寞，是因為房東很親切的關係。

～おかげで

• track 014

歸功於…；託…的福

接續

[動詞、名詞、い形、な形]名詞修飾型＋おかげで

例句

❀ インターネットのおかげで世界中のニュースをただで読める。

因為網路的關係，才能免費看到世界上的新聞。

❀ 先生に相談したおかげで今後の方向性が見えて、大変楽になりました。

多虧和老師談過，才能看到未來的方向，感到十分輕鬆。

❀ 世代が近いおかげで、先輩にもすごく相談しやすい。

因為年紀相近，所以能很輕鬆地和前輩商量。

❀ 手続きが簡単なおかげで作業があっという間に終わった。

因為手續很簡單，所以作業很快就完成了。

～おそれがある ●track 014

恐怕…；有…的可能；有…的危險

接續

動—辭書形＋おそれがある

名—の＋おそれがある

例句

❀ 積雪路及び凍結路は滑りやすく、事故になるおそれがある。

積雪和結凍的路很容易滑倒，有造成事故的可能。

❀ 大雨による重大な災害が発生するおそれがある。

有可能因大雨而造成重大的災害發生。

❀ 警報は、重大な災害や災害のおそれがある時に発表します。

警報是在發生重大災害或有可能發生災害時發表的。

か行

～限り（は）　• track 015

只要…

接續

動―辞書形＋限り

い形―い＋限り

な形―な＋限り

名―の＋/名―である＋限り

例句

❀ 離婚をしても子供の親である限り、子供の成長のために養育費を支払う義務があります。

即使是離婚了，只要還是孩子的父母，就有義務要支付孩子成長所需的養育費。

❀ 日本にいる限り花粉症の脅威から逃れることはできない。

只要身在日本，就無法從花粉症的威脅中逃開。

❀ 日本の人件費が高い限り、日本の商品の競争力は上がらないだろう。

只要日本的工資高，日本商品的競爭力就沒辦法提升吧。

❀ 元気な限りこの仕事を続けたいと思います。

只要還健康就希望繼續這個工作。

～限り（は）

•track 015

到極限；竭盡所能

接　續

動－辞書形＋限り(は)

名－の＋限り(は)

例　句

❀ その件につきできる限り調査してみた。

關於能件事，已竭盡所能試著調查。

❀ 声の限り叫ぶ。

竭盡力氣喊叫。

～限(かぎ)りでは ●track 015
(限定範圍)據…所…；就…

接續

動─辭書形＋限(かぎ)りでは

動─た形＋限(かぎ)りでは

例句

❀ 私(わたし)が知(し)っている限(かぎ)りでは、そう簡単(かんたん)に有名人(ゆうめいじん)には会(あ)えません。

就我所知是不可能那麼輕易見到名人的。

❀ ちょっと話(はな)した限(かぎ)りでは、彼(かれ)はいつもとまったく変(か)わらないように見(み)えた。

根據簡單的談話，我覺得他和平常沒有什麼不同。

～かけだ ●track 016
剛開始…；在…途中

接續

動─ます形＋かけだ

比較

表示一件事開始後還沒結束。和「～かけの」「～かける」相同。

例句

❀ そのコーヒーは飲みかけだよ。

那杯咖啡喝到一半。/那杯咖啡我還在喝。

❀ 夕飯はまだ作りかけです。

晚飯還正在做。

～かけ（の）

● track 016

剛開始…；在…途中

接續

動—ます形＋かけ(の)

例句

❀ 飲みかけ(の)ペットボトルを放置していくと雑菌が繁殖する。

喝到一半的保特瓶要是放著不管，很容易孳生細菌。

～かける

● track 016

剛開始…；在…途中

接續

動—ます形＋かける

例句

❀ 言いかけてやめる。

說到一半就不說了。

❀ 野生きのこを食べて死にかけた経験がある。

有過吃了野生菇類差點死掉的經驗。

がたい ●track 017

很難…；難以…

接續

動─ます形＋がたい

例句

❀ ここに誰かが住めるとは信じがたい。

很難相信這裡有人住。

❀ このような蛮行は許しがたい。

這樣的暴行難以原諒。

❀ 知り合った人たちとの別れは、いつも寂しく、別れがたい気持ちで一杯になりました。

和朋友分別，一直都充滿著寂寞和難分難捨的心情。

～かと思うと ●track 017
剛…就…

接續

動－た形＋かと思うと

比較

和「～かと思ったら」相同

例句

❀ 彼は「やる」と言ったかと思うとすぐに「嫌だ」と言う。

他剛要說「我要做」，馬上又說「不要」。

❀ 彼は私の姿を見たかと思うと出て行った。

他一看到我就走出去。

～かと思ったら ●track 017
剛…就…

接續

動－た形＋かと思ったら

比較

後面通常接和前句相反或意料之外的句子。

例　句

❀ お昼には晴れたかと思ったら、急に暗くなった。

正以為白天會放晴，沒想到天色突然暗了下來。

❀ 円安になったかと思ったらまた円高になった。

正想著日圓貶值了，沒想到又馬上高漲。

～か～ないかのうちに ●track 017
一…就…

接　續

[動ー辭書形/た形]+か+[動ーない形]+ないかのうちに

例　句

❀ 彼はヘビースモーカーなので、1本吸い終わったか終わらないかのうちに、2本目に火をつけた。

他是老菸槍，1根菸才剛吸完馬上又點第2根。

❀ 映画館に入って席につくかつかないかのうちに，映画が始まった。

進到電影院剛坐下，電影就開始了。

～かねない　● track 018
有可能

接　續

動―ます形＋かねない

比　較

通常用在可能出現負面、壞的結果時。

例　句

❀ 降り出しかねない空模様だ。

天空的樣子看來說不定會下雨。

❀ あいつはどんなことでもやりかねない男だ。

他是什麼事都可能做得出來的男人。

❀ そんな危険な運転では、事故を起こしかねない。

那麼危險的開車方式，很有可能會發生事故。

❀ 不摂生な食事ばかりでは、病気になりかねない。

吃東西沒有節制的話，很容易會生病。

～かねる ●track 018
難以…；無法…

接續

動—ます形+かねる

例句

❀ 返品、交換には応じかねます。

難以接受退、換貨的要求。

❀ 会員の都合によるクラスのキャンセルは、理由の如何にかかわらず、予約完了後は応じかねます。

不管理由為何，預約完成之後，恕不接受會員因個人因素而取消課程。

❀ 見るに見かねて彼の手助けをした。

因為看不下去而出手幫他。

～かのようだ ●track 019
好像…一樣

接續

[動詞、い形]普通形+かのようだ

な形—(である)+かのようだ

名—(である)+かのようだ

比　較

和「～かのような」「～かのように」相同。

例　句

❀ 今年は秋を飛ばして一気に冬が来たかのようだ。

今年好像是跳過了秋天，直接就到了冬天一樣。

❀ 彼はまるで父親に会ったことがないかのようだ。

他就好像從來沒見過父親一樣。

❀ 彼女は淡々と話した。まるで本当はどうでもいいかのようだ。

她淡淡地說著，就像真的無所謂一樣。

❀ 最近の不運続きの生活が、まるで夢だったかのようだ。

最近倒霉事不斷的日子，就好像是一場夢一樣。

❀ 山田さんは、いつも得意そうに話している。何でも知っているかのようだ。

山田總是一臉自信滿滿地說話，好像什麼都知道一樣。

❀ 彼らはまるで我々の友であり家族であるかのようだ。

他們就像是我們的朋友和家人一樣。

～かのような　•track 019
好像…一樣

接　續

[動詞、い形]普通形＋かのような

な形－(である)＋かのような

名－(である)＋かのような

例　句

❀ まるで自分の責任ではないかのような応答をした。

就像不是自己的責任一樣回答問題。

❀ アニメの世界から抜け出てきたかのような美少女。

就像是從動畫裡面走出來的美少女。

❀ いてもいなくてもいいかのような扱いは、誰でも嫌です。

被當作可有可無，是誰都會不願意的。

❀ その男の子は、自分がまるで偉大な学者であるかのような話し方をする。

那個男孩用好像自己是偉大學者一般的口氣講話。

❀ 外国産食品の安全性が大きな問題となり、逆に日本の食品なら絶対に安全であるかのような勘違いが生まれています。

外國製食品的安全性有很大的問題，反而造成了日本食物好像就絕對安全的錯覺。

～かのように ●track 020
好像…一樣

接　續

[動詞、い形]普通形＋かのように

な形－(である)＋かのように

名－(である)＋かのように

例　句

❀ 毎日を人生最後の日であるかのように生きていれば、いつか必ずひとかどの人物になれる。

把每天都當成是最後一天般地生活，總有一天必定能成為出色的人。

❀ 彼女が幸せで楽しいかのように一日中歌を歌っていた。

她因為很幸福所以開心似地一整天唱著歌。

❀ 彼は何もなかったかのように話を続けました。

他就好像沒事一樣繼續話題。

～からいうと　•track 020
從…來看

接　續

名＋からいうと

比　較

和「～からいえば」「～からいって」相同。

例　句

❀ 結果からいうと、私のミスでクレームになったのです。

從結果看來，是因為我的疏失才造成客訴。

❀ 値段だけ見てしまうとこの商品は決して安くないですが、品質からいうとかなりお得な値段です。

從價格來看這個商品並不算便宜，但從品質看來則相當划算。

～からいえば　•track 021
從…來看

接　續

名＋からいえば

例 句

❀ 結論からいえば、これらの食べ物は別々に食べたほうがおいい。

從結論來看，這些食物分開吃比較好吃。

❀ ここは駅から遠いですが、価格からいえば、良いホテルだと思います。

這裡雖然離車站很遠，但以價格來判斷的話是很不錯的飯店。

～からいって　•track 021
從…來看

接 續

名＋からいって

例 句

❀ 私の経験からいって、最もいい運動は歩くことだと思う。

依我的經驗，最好的運動就是走路。

～からこそ　●track 021
正是…

接　續

[動詞、名詞、い形、な形]普通形＋からこそ

名＋からこそ

比　較

和「～こそ」相同。

例　句

❀ この一眼レフカメラは小さいからこそ毎日持ち歩ける。

這台單眼相機因為很小，所以可以每天帶著走。

❀ 好きだからこそこの仕事を続けられる。

正因為很喜歡所以可以持續這個工作。

❀ 辛い練習をしたからこそ今のように上達することができているんだと思います。

正因為有辛苦的練習才有現在的進步。

❀ 好きな仕事だからこそ一生懸命できる。

正因為是喜歡的工作，才能夠拚命努力。

～からして　●track 021
從…看來

接續

名＋からして

比較

舉例子表示其他也不例外。

例句

❀ このドラマは面白(おもしろ)そうですね。タイトルからして面白(おもしろ)いです。

這部連續劇好像很有趣。光從劇名看就很有趣。

～からして　●track 022
從…推斷

接續

名＋からして

例句

❀ 子供(こども)の行儀(ぎょうぎ)が悪(わる)いことからしてあの家(いえ)の家庭教育(かていきょういく)が分(わ)かる。

從小孩的教養不好就可以推斷出那家的家庭教育如何。

～からすると ●track 022
站在…的立場；從…的角度

接續

名＋からすると

比較

和「～からすれば」相同。

例句

❀ 親(おや)からすると子供(こども)はいつになっても子供(こども)です。

從父母的角度，孩子不論到什麼時候都是孩子。

～からすると ●track 022
根據…來判斷

接續

名＋からすると

比較

和「～からすれば」相同。

例句

❀ このバッグは値段(ねだん)からすると偽物(にせもの)だと思(おも)います。

從這個包包的價格判斷這應該是贗品。

～からすれば
●track 022

站在…的立場；從…的角度

接續

名＋からすれば

例句

❀ 日本人には常識でも、外国人からすれば変だと思うこともある。

有些事日本人認為是常識，但在外國人看來很奇怪。

～からすれば
●track 023

根據…來判斷

接續

名＋からすれば

例句

❀ 彼の成績からすれば、大学受験はとても無理だ。

從他的成績判斷，大學入學測驗要合格是不可能的。

～からといって ●track 023
雖然…；就算是…

接續

[動詞、名詞、い形、な形]普通形＋からといって

比較

後面多半接否定。

例句

❀ この会社は歴史があるからといって来年倒産しないとは限らない。

雖然這間公司很有歷史，但也不能保證明年不會破產。

❀ 資格を取得したからといって、就職活動がうまくいくわけではない。

就算是考取了證照，也不能保證能順利就業。

❀ 安いからといって衝動買いはよくないです。

就算便宜，衝動購買也不太好。

❀ 勉強が嫌いだからといって、サボってばかりではいけない。

就算討厭念書，也不可以一直偷懶。

❀ 子供だからといって、こういうことをやるのも良くない。

就算是小孩，做這種事也不太好。

～からには　•track 024

既然…就；一定是…

接　續

[動詞、い形]普通形＋からには

な形－である＋からには

名－である＋からには

比　較

和「～からは」相同。

後面通常是接表示義務、命令、勸誘、決心、推斷的句子。

例　句

❀ 警察官であるからには、人々の安全を守る義務がある。

既然身為警察，就有保護人民安全的義務。

❀ アメリカに留学したからには、できるだけ多くの外国人と友達になりたい。

既然到美國留學，就想盡可能和很多外國人成為朋友。

❀ 約束したからには、どんなことがあっても守るべきだ。

既然做了約定，不管有什麼事都應該遵守。

❀ 高価なものがこんなに安いからには必ず理由がある。

昂貴的東西賣得這麼便宜，一定有它的理由。

❀ ホームは視覚障害者にかなり危険であるからにはガイドが必要なのです。

既然月台對視障者有高度危險，就必需要有引導。

～からは ●track 024
既然…就；一定是…

接　續

[動詞、い形]普通形＋からは

な形ーである＋からは

名ーである＋からは

例　句

❀ アメリカに来たからはいつかニューヨークへ行ってみたいと思っている。

既然來了美國，就希望有天能去紐約看看。

～から見(み)て（も） ●track 024
從…看來

接續

名＋から見(み)て(も)

比較

和「～から見ると」「～から見れば」相同。

和「～からいうと」類似。

例句

❀ 路面(ろめん)の様子(ようす)から見(み)て、トラックなんかが通(とお)っているみたいです。

從路面的情況看來，應該有卡車之類的經過。

❀ 彼(かれ)はどこから見(み)ても正真正銘(しょうしんしょうめい)の日本男児(にほんだんじ)だ。

從不管從哪一方面看，都是十足的日本男子漢。

～から見(み)ると ●track 025
從…看來

接續

名＋から見(み)ると

例句

❀エンタテインメント性という点から見ると、この映画はいい作品だ。
從娛樂性的角度看來，這部電影是好作品。

～から見れば
從…看來 ● track 025

接續

名+から見れば

例句

❀彼の様子から見れば、病気に間違いありません。
從他的狀況來判斷，一定是生病了。

～気味
有點… ● track 025

接續

動－ます形+気味

名+気味

例句

❀ 風邪気味(かぜぎみ)である。

好像有點感冒。

❀ 彼女(かのじょ)は太(ふと)り気味(ぎみ)だ。

她好像有點發胖。

～きり（だ）　●track 025
僅僅；只有

接續

動－辞書形＋きり(だ)

動－た形＋きり(だ)

名＋きり(だ)

例句

❀ 恋人(こいびと)と二人(ふたり)きりで映画(えいが)を観(み)た。

和情人兩個人看電影。

❀ 日本料理(にほんりょうり)はずっと前(まえ)に食(た)べたきりで、最近(さいきん)は全然(ぜんぜん)食(た)べていません。

日本料理從很久以前吃了之後，最近完全沒吃過。

❀ 彼(かれ)は何(なに)を聞(き)いても、笑(わら)っているきりで、全然(ぜんぜん)答(こた)えない。

他不管聽到什麼，都只是一直笑，完全不回答。

❀ 京都なんて数年前に行ったきりだ。

京都從幾年前去過後就不曾再訪了。

～きり（だ） ●track 026
持續某一個狀態

接　續

動―た形＋きり(だ)

比　較

口語上可寫成「～っきり」。

例　句

❀ 彼女は、日本へ行ったきりだ。

她去了日本就不曾回來。

❀ 彼は突然病気で寝たきりになってしまった。

他突然因為生病而臥床不起。

～きる ●track 026
完成；完

接　續

動―ます形＋きる

比較

和「～きれる」相同。

例句

❀ この本を2日間で読みきった。

用兩天讀完這本書。

❀ 瓶の牛乳を飲みきった。

喝光瓶子裡的牛奶。

❀ 朝食を食べきらないうちに彼が来た。

還沒吃完早餐他就來了。

～きる ●track 026
非常、完全

接續

動－ます形＋きる

例句

❀ 私は疲れきっている。

我非常累。

❀ 信用しきっていた人に裏切られた。

被完全信任的人背叛。

❀ 飛行機に乗り遅れて困りきっていた。

因為沒搭上飛機而非常困擾。

❀ 泥棒(どろぼう)が逃(に)げきった。

小偷逃逸無蹤。

～きれない　● track 027
不能完全…；不能完成

接　續

動―ます形＋きれない

例　句

❀ 使(つか)いきれないほどお金(かね)を持(も)っていた。

擁有彷彿花不完的錢。

❀ 今日中(きょうじゅう)に仕事(しごと)を全部(ぜんぶ)はやりきれない。

工作沒辦法在今天內全部完成。

❀ このホールに500人(にん)は入(はい)りきれない。

這個會館無法容納500人。

❀ いくら感謝(かんしゃ)してもしきれない。

怎麼感謝都不夠。

～きれる　● track 027
完成；完

接　續

動―ます形＋きれる

例　句

❀ 賞味期限内に食べきれるか。

在有效日期前吃得完嗎？

❀ こんなサイズのハンバーガーを食べたことはないが、食べればたぶん食べきれる。

我沒吃過這種尺寸的漢堡，但要吃的話應該吃得完。

～くせに　•track 027
明明；儘管…可是

接　續

[動詞、名詞、い形、な形]名詞修飾型+くせに

例　句

❀ あなたは何も知らないくせになんでも知っているような事を言う。

你明明什麼都不知道，卻說得好像什麼都懂似的。

❀ 金持ちのくせにけちだ。

明明是有錢人卻很小氣。

❀ 彼は若いくせに高級車に乗っている。

他還很年輕卻開高級車。

❀ あの人、歌が下手なくせに、マイクを握ると離さないです。

那個人明明歌唱得不好，但是拿到麥克風後就不肯放手。

～くらい　●track 028
大約…的程度

接　續

動－辞書形＋くらい

動－ない形＋ない＋くらい

い形－い＋くらい

な形－な＋くらい

名＋くらい

比　較

和「～くらいだ」「～ぐらい」「～ぐらいだ」相同。

例　句

❀ 周(まわ)りが見(み)えないくらい集中(しゅうちゅう)する。

專心到看不見四周的事物。

❀ 海(うみ)かと思(おも)うくらい幅(はば)の広(ひろ)い川(かわ)。

寬闊得讓人誤以為是海的河川。

❀ 泣(な)きたいくらいだ。

到讓人想哭的程度。

❀ 飛(と)び上(あ)がりたくなるくらい嬉(うれ)しかった。

高興得想跳起來。

❀ あなたくらいバカなやつはいない。

世上沒有像你這樣的傻瓜。

❀ 泣きそうなくらいに嬉しかった。

高興得快要哭出來。

～くらい

●track 028

只不過

接續

動－普通形＋くらい

名＋くらい

例句

❀ それくらいでは駄目だ。

只不過那種程度是不行的。

❀ それくらいで慌てるな。

只是那種程度的事沒什麼好慌張的。

❀ どんなに急に仕事が入ったとしても、電話を掛けるくらいの時間はあるはずです。

不管臨時有什麼工作，只不過是打個電話應該有時間吧。

～ぐらい　●track 028
大約…的程度

接續

動―辞書形+ぐらい

動―ない形+ない+ぐらい

い形―い+ぐらい

な形―な+ぐらい

名+ぐらい

例句

❀ どれぐらいの長(なが)さですか。

大概有多長呢？

～ぐらい　●track 029
只不過

接續

動―普通形+ぐらい

名+ぐらい

例句

❀ 0点(てん)を取(と)ったのは君(きみ)ぐらいのものだ。

會拿0分的只有你了。

❀ それを買うぐらいの金なら持っている。

買那個東西的錢我還有。

❀ それぐらいは私でも知っている。

那種程度的事情我也知道。

～くらいだ
大約…的程度

• track 029

接續

動―辞書形＋くらいだ

動―ない形＋ない＋くらいだ

い形―い＋くらいだ

な形―な＋くらいだ

名＋くらいだ

例句

❀ 毎晩、赤ちゃんに泣かれて眠れない。親の私の方が泣きたいくらいだ。

每天晚上都被嬰兒哭泣吵得不能睡，到了就連身為父母的我都想哭的程度。

～くらいだ ●track 029
只不過

接續

動―普通形+くらいだ

名+くらいだ

例句

❀ 彼(かれ)とは1年(ねん)に2回(かい)お互(たが)いの誕生日(たんじょうび)に電話(でんわ)するくらいだ。

和他的交情只是1年打2次祝賀生日電話。

～ぐらいだ ●track 030
大約…的程度

接續

動―辞書形+ぐらいだ

動―ない形+ない+ぐらいだ

い形―い+ぐらいだ

な形―な+ぐらいだ

名+ぐらいだ

例句

❀ 電車(でんしゃ)が通(とお)る度(たび)にもの凄(すご)い騒音(そうおん)で話(はなし)もできないぐらいだ。

電車通過的時候造成很大的噪音，幾乎到了無法對話的程度。

～げ

●track 030

好像…；…的樣子

接續

い形－○＋げ

な形－○＋げ

比較

「～げ」是屬於な形容詞。

例句

❀ 彼は寂しげに、一人で教室に座っていた。

他好像很寂寞似的一個人坐在教室裡。

❀ 彼は得意げな顔で歩いている。

他帶著得意的表情走著。

～こそ

●track 030

正是…

接續

句子＋こそ

名＋こそ

例句

❀ これこそ探（さが）していたものです。

這正是我要找的東西。

❀ 今年（ことし）こそ頑張（がんば）ろう。

今年一定要努力。

～ことか ●track 030

多麼…啊。(表示感嘆)

接續

[動詞、い形、な形]名詞修飾型＋**ことか**

例句

❀ あなたの電話（でんわ）をどんなに待（ま）っていたことか。

我等你的電話等得好苦啊。

❀ 恋人（こいびと）と別（わか）れて、どんなに辛（つら）かったことか。

和戀人分手，是多麼痛苦的事啊。

❀ スマートフォンは、なんと便利（べんり）なことか。

智慧型手機真是便利的商品啊。

～ことから
• track 031

從…看來；由…判斷

接續

[動詞、い形]名詞修飾型＋ことから

名－である＋ことから

な形－な/な形－である＋ことから

例句

❀ 道が濡れていることから、今朝雨が降ったことがわかった。

從道路是濕的這點判斷，今天早上下過雨。

❀ 相手が精神病であることから、離婚が認められます。

從對方有精神疾病判斷，離婚成立。

❀ 80を過ぎたとは思えないほどに元気であることから、彼はまだまだ長生きしそうだ。

看不出來年過80般充滿活力，看來他可以長命百歲。

～ことだ
● track 031

必須…；應該要…

接續

動－辭書形＋ことだ

動－ない形＋ない＋ことだ

比較

表示「勸告」的意思。

例句

❀ 新人であれば、どんな職業でも一番新しい情報や方法を一生懸命勉強することだ。

身為新人，不管是什麼職業都應該努力學習最新的情報和方法。

❀ 責任を取るというのは、自分から不平不満や文句を言わないことだ。

所謂的負責，就是不說出不滿或是抱怨的話。

～ことだから
● track 031

因為是…

接續

名－の＋ことだから

例句

❀ 子供のことだから、適当にやればいい。

因為是孩子，所以隨便做做就好。

❀ あなたのことだからきっといい作品ができると思います。

因為是你，所以一定能做出好作品。

～ことなく　● track 032
少了…；沒有…

接續

動─辭書形＋ことなく

例句

❀ 一時も休むことなく頭を動かしている。

一刻都不休息地動腦。

❀ 目標を忘れることなく、一生懸命勉強する。

不曾忘記目標，拚命努力念書。

～ことに（は） ●track 032
讓人…的是…；令人…的是…

接續

動―た形＋ことに（は）

い形―い＋ことに（は）

な形―な＋ことに（は）

例句

❀ 驚いたことに、その図書館には経済学の本が多すぎて、期限内に読み終えることはできなかった。

讓人驚訝的是，那個圖書館裡經濟學的書太多了，無法在期限內全部讀完。

❀ ありがたいことに最近仕事が増えた。

可喜可賀的是最近工作增加了。

❀ 幸いなことに、電池の切れかかった携帯電話を店の人に充電してもらった。

幸運的是店裡的人幫我把快沒電的手機充電。

～ことになっている　●track 032
約定；規定

接續

動－辞書形＋ことになっている

動－ない形＋ない＋ことになっている

い形－い＋ことになっている

比較

用來表示規定、規則。

例句

❀ 明日（あした）、彼（かれ）と会（あ）うことになっている。

明天要和他見面。

❀ 日本（にほん）では、20歳（はたち）まではたばこを吸（す）ってはいけないことになっています。

在日本，規定未滿20歲是不能吸菸的。

❀ オーストラリアの学校（がっこう）では、生徒（せいと）たちは放課後（ほうかご）に教室（きょうしつ）などの掃除（そうじ）をしなくてもいいことになっている。

在澳洲的學校，學生們放學後不需要做打掃教室之類的打掃工作。

～ことはない　● track 033
不必…；沒必要…

接續

動一辞書形＋ことはない

例句

❀ まだ早いから、急ぐことはない。

時間還早，不用急。

❀ 大したことではないから、心配することはありません。

不是什麼大事，所以不用擔心。

さ行

～際（は）　● track 033
在…的時候

接續

動一辞書形＋際(は)

動一た形＋際（は）

名一の＋際（は）

比較

和「～際に」相同。

例句

❀ 海外(かいがい)へ行(い)く際(さい)は、事前(じぜん)に空港(くうこう)で両替(りょうがえ)しておいたほうがいい。

出國時，最好事先在機場進行匯兌。

❀ お忘(わす)れ物(もの)をした際(さい)は、お早(はや)めにお問(と)い合(あ)わせ下(くだ)さい。

遺失東西的時候，請盡早前來詢問。

❀ 帰国(きこく)の際(さい)、先生(せんせい)の家(いえ)に挨拶(あいさつ)に行(い)った。

回國的時候，到老師家打了招呼。

～際(さい)に

在…的時候

• track 034

接續

動－辭書形＋際(さい)に

動－た形＋際(さい)に

名－の＋際(さい)に

例句

❀ 別(わか)れの際(さい)に彼女(かのじょ)の手(て)を握(にぎ)った。

分開的時候握了她的手。

❀ 席を離れた際に，椅子の上に置いていた鞄を盗まれた。

離開位置的時候，放在椅子上的包包被偷了。

❀ メールを送信する際にエラーが発生します。

發信的時候出現了錯誤。

～最中だ　● track 034

正在…

接　續

動－ている＋最中だ

名－の＋最中だ

比　較

和「～最中に」相同。

例　句

❀ 今は努力している最中だ。

現在正在努力。

❀ 今は日本シリーズの最中です。

現在正在舉辦日本職棒冠軍賽。

～最中に　　●track 034

正在…

接續

動－ている＋最中に

名－の＋最中に

例句

❀ マラソンを走っている最中におなかが痛くなってしまった。

正在跑馬拉松的時候肚子痛了起來。

❀ 授業の最中に頭痛がして授業に集中できません。

在上課中開始頭痛導致沒辦法專心。

～（で）さえ　　●track 035

連…都…

接續

名＋（で）さえ

例句

❀ 彼さえ知らないのだからだれも知らないだろう。

連他都不知道的話，就沒人會知道了。

❀ ABCさえ書(か)けない。

連ABC都不會寫。

❀ 彼(かれ)は兄弟(きょうだい)にさえ裏切(うらぎ)られた。

連自己的手足都背叛他。

～さえ～ば ●track 035
只要…就…

接續

動－ます形＋さえ＋すれば/しなければ

い形－く＋さえ＋すれば/なければ

な形－で＋さえ＋すれば/なければ

名－で＋さえ＋すれば/なければ

名＋さえ＋動－ば

名＋さえ＋い形－ければ

名＋さえ＋な形－なら

名＋さえ＋名－なら

例句

❀ もっと勉強(べんきょう)しさえすれば試験(しけん)に合格(ごうかく)できたのに。

明明再只要再用功一點就能通過考試了。(卻沒有用功)

❀ これさえあれば十分だ。

只要有這個就夠了。

❀ 交通が便利でさえあればどんなところでもいいんです。

只要交通方便，什麼樣的地方都可以。

❀ コツさえわかれば誰でもうまく運転できる。

只要知道技巧，誰都可以駕駛得很好。

❀ 年をとっても、体さえ丈夫なら心配はいらない。

雖然上了年紀，只要身體健康的話就不需要擔心。

❀ 結果さえよければ手段は選ばない。

只要有好結果，不管用什麼方法都行。

～ざるを得ない
• track 036

不得不…

接　續

動—ない形＋ざるを得ない

(「する」可變成「せざるを得ない」)

例　句

❀ そんなに薦められたら買わざるを得ない。

這麼推薦的話也不得不買了。

❀ 苦笑せざるを得なかった。

只能苦笑。

❀ 私は大学進学を諦めざるを得なかった。

我不得不放棄升大學。

～次第

●track 036

馬上、立刻

接　續

動—ます形＋次第

名＋次第

例　句

❀ 計画が立ち次第実行することにしよう。

等計畫好就馬上開始實行。

❀ 品物が着き次第送金します。

等商品到了就立刻付錢。

❀ ご都合がおつきになり次第いらして下さい。

等您方便的時候再過來。

❀ 都合がつき次第お訪ねします。

等您方便的時候我再前去拜訪。

❀ 本製品は、在庫終了次第廃盤とさせて頂きます。

本商品等庫存出清後就絕版。

～次第だ

track 036

原委；原因

接續

[動詞、い形、な形]名詞修飾型＋次第だ

比較

和「～次第で(は)」相同。

例句

❀ 以上のような次第で、引退することになりました。

因為上述原因，決定引退。

❀ 私の仕事なのにこんなこともわからなくて、お恥ずかしい次第です。

明明是我的工作卻連這種事都不知道，真的很不好意思。

❀ 現在の仕事に向いていないのではないかと思い、先生と相談した次第です。

覺得自己是否不適合這個工作，所以和老師商量。

～次第(しだい)だ
視…而定

• track 037

接續

名＋次第(しだい)だ

比較

和「～次第(しだい)で(は)」相同。

例句

❀ 決(き)めるのは君次第(きみしだい)だ。
由你決定。

～次第(しだい)で（は）
視…而定

• track 037

接續

名＋次第(しだい)で(は)

例句

❀ 努力次第(どりょくしだい)で成功(せいこう)します。
努力決定是否成功。

❀ お天気次第(てんきしだい)でどこへ行(い)くか決(き)めよう。
看天氣狀況決定要去哪裡。

～次第で（は）　●track 037

原委；原因

接續

[動詞、い形、な形]名詞修飾型＋次第で(は)

例句

❀ 怪我した次第で、その選手は引退した。

因為受了傷，那位選手就退休了。

❀ このような次第で僕は日本語という言語を知り、学習を始めたのです。

由於這個原因我認識了日語這個語言，才開始學習。

❀ このソフトをどうやって使うのか全く分からない次第で困っています。

因為不知道怎麼使用這個軟體，所以很困擾。

～上（は）　●track 037

在…上

接續

名＋上(は)

比較

和「～上の」「～上も」相同。

例句

❀ この仮説は理論上は可能だけど物理的に実現不可能だ。

這個假說在理論上有可能成立，但在物理上是不可能成立的。

❀ 今のテレビには教育上良くない番組が多い。

現今的電視台有許多在教育上有不良影響的節目。

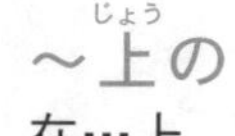

～上の

● track 038

在…上

接續

名＋上の

例句

❀「留学」と「旅行」の法律上の違いを説明します。

解釋留學和旅行在法律上的不同。

～上(じょう)も
在…上

● track 038

接續

名＋上(じょう)も

例句

❀ 食事(しょくじ)というのは、健康上(けんこうじょう)も美容上(びようじょう)もとても大切(たいせつ)な要素(ようそ)です。

飲食在健康上和美容上都是很重要的因素。

～末(すえ)（に）
…的結果

● track 038

接續

名－の＋末(すえ)(に)

比較

和「～た末の」「～た末に」相同。

例句

❀ 激(はげ)しい議論(ぎろん)の末(すえ)、ようやく結論(けつろん)を出(だ)した。

經過了激烈討論的結果，終於做出了結論。

❀ 日本(にほん)チームはPK戦(せん)の末(すえ)に宿敵韓国(しゅくてきかんこく)を破(やぶ)る。

PK戰的結果日本隊會打敗宿敵韓國。

～ずにはいられない　•track 038
不由得…；忍不住…

接續

動－ない形＋ずにはいられない

（「する」的形式為「せずにはいられない」）

比較

和「～ないではいられない」相同。

例句

❀ 子供(こども)がテレビばかり見(み)ていると「勉強(べんきょう)しなさい」と言(い)わずにはいられない。

孩子老是看電視，忍不住要說「快去念書」。

❀ あんなにひどいことを言(い)われたら、誰(だれ)でも、怒(おこ)らずにはいられないだろう。

被說了這麼過分的話，不管是誰都會忍不住生氣。

～せいか　•track 039
因為…；歸罪於…

接續

[動詞、名詞、い形、な形]名詞修飾型＋せいか

比較

和「～せいだ」「～せいで」相同。

例 句

❀ 気のせいか、夕日の沈むのが遅くなったような。

不知是不是心理作用，太陽下山的時間好像變晚了。

(「気のせい」為慣用句，表示「心理作用」「錯覺」)

❀ 最近、寒いせいかランニングをちょっとサボり気味です。

最近可能是因為天冷的關係，常常偷懶不去跑步。

❀ この辺りは、交通が不便なせいか、家賃が安い。

這附近可能是因為交通不便，所以房租很便宜。

～せいだ

• track 039

因為…；歸罪於…

接 續

[動詞、名詞、い形、な形]名詞修飾型＋せいで

例 句

❀ 列車に乗り遅れたのは交通渋滞のせいです。

坐不上火車是因為塞車的關係。

❀ 気のせいだよ。地震なんてなかったよ。

是因為錯覺啦，才沒有什麼地震呢。

❀ 僕のせいじゃない。

不是我的錯。

❀ 彼が自殺したのは教諭がカンニングを疑ったせいだ。

他會自殺是因為老師懷疑他作弊的關係。

❀ 背中を悪寒が走るのは、まだ熱が高いせいだろう。

身體覺得很冷，會不會是因為還在發高燒的關係。

❀ 英語を話せないのは臆病なせいだ。

不會說英文是因為膽小的關係。

～せいで

• track 040

因為…；歸罪於…

接續

[動詞、名詞、い形、な形]名詞修飾型＋せいで

例句

❀ 薬のせいで眠くて仕方がない。

因為吃藥的關係想睡得不得了。

❀ 先日の寒さに毛布を出さなかったせいで日曜の夕方あたりから風邪気味だ。

前幾天很冷卻沒有把毯子拿出來用的關係，星期天傍晚出現感冒症狀。

❀ 貧乏(びんぼう)なせいで夫婦喧嘩(ふうふげんか)が絶(た)えない。

因為貧窮，夫婦之間爭吵不斷。

❀ 外(そと)は寒(さむ)いけど電車内(でんしゃない)が暑(あつ)いせいでいつも汗(あせ)だく。

外面雖然很冷，但因為火車裡很熱的關係總是汗流浹背。

た行

～た末(すえ)（に）

• track 040

…的結果

接　續

動―た形＋末(すえ)(に)

例　句

❀ いろいろ考(かんが)えた末(すえ)、彼(かれ)はこのプロジェクトに参加(さんか)しないことに決(き)めました。

思考了很多的結果，他決定不參加這個計畫。

❀ 10年近い無名生活を耐えて努力した末に、日本を代表する最高の役者に成長した。

忍耐了近十年沒沒無聞的生活不停努力的結果，終於成長為能代表日本最好的演員。

～た末の
●track 040

…的結果

接續

動─た形＋末の

例句

❀ これはいろいろなことを考えた末の結論だ。

這是經過了諸多考慮後的結論。

たとえ～ても
●track 041

即使…也

接續

たとえ＋動─ても

たとえ＋い形─くても

比較

和「たとえ～でも」相同。

例句

❀ たとえ失敗しても、あきらめない限り、敗北ではない。

就算失敗，只要不放棄，就不算輸了。

❀ 私は成功の可能性が6割くらいあれば、たとえ難しくてもその仕事を受ける。

只要成功的可能性有 6 成，就算是很難我也會接受那份工作。

たとえ～でも
即使…也

● track 041

接續

たとえ＋な形－でも

たとえ＋名－でも

例句

❀ たとえ困難でも、最後までやりぬきたい。

就算很困難，我也想做到最後。

❀ たとえお金持ちでも、幸せでなければ意味が無いと思っている。

就算是有錢人，不幸福的話就沒有意義。

～たところ　●track 041
沒想到；結果…；…的時候

接續

動一た形＋ところ

例句

❀ 自動車(じどうしゃ)を運転(うんてん)していたところ、ブレーキをかけ遅(おく)れて、信号(しんごう)で止(と)まっている前(まえ)の車(くるま)に追突(ついとつ)してしまいました。

開車的時候，因為太晚剎車，於是撞到前面停紅燈的車子。

～たとたん（に）　●track 042
一…就…

接續

動一た形＋とたん

比較

一發生前面的事, 就出現後面的現象。

例句

❀ あの曲(きょく)を聴(き)いたとたん、歌(うた)いたくなる。

只要聽到那首歌就想跟著唱。

❀ 座(すわ)ったとたんに電話(でんわ)が鳴(な)る。

才坐下來電話就響了。

～だらけ

• track 042

滿是…；全是…

接續

名＋だらけ

例句

❀ 水害(すいがい)でゴミだらけになった。

因為淹水導致到處都是垃圾。

❀ この記事(きじ)は内容(ないよう)が間違(まちが)いだらけで修正(しゅうせい)しようにも手(て)がつけられない。

這篇報導內容錯誤連篇，想改也無從修正起。

～ついでに

• track 042

順便

接續

動－辭書形＋ついでに

動－た形＋ついでに

名－の＋ついでに

例句

❀ スーパーへ行くついでに図書館で本を借りた。

去超市的時候順便去圖書館借書。

❀ 神戸へ行ったついでに、京都まで足をのばして観光に行った。

到神戶的時候，順便繞到京都觀光。

❀ 買い物のついでに図書館に寄った。

買東西時順便到圖書館去。

～っけ

• track 043

…嗎；…吧

接續

[動詞、名詞、い形、な形]普通形＋っけ

比較

口語用法；也可以用「～でしたっけ」「～ましたっけ」。

例句

❀ そうだ。今日は田中さんの誕生日だっけ。

對了，今天是田中的生日對嗎？

❀ 彼女にまだ会議の場所を知らせていなかったっけ。

是不是還沒把會議的地點告訴她？

～っこない　•track 043

絶不…；不可能…

接續

動－ます形＋っこない

例句

❀ 車で行っても、今からじゃ間に合いっこない。

就算開車去，現在出發也絕不可能來得及。

～つつ　•track 043

一面…一面…；…的同時

接續

動－ます形＋つつ

例句

❀ 相手の気持ちを考えつつ、自分の気持ちをちゃんと伝えるのは難しい。

一邊顧慮對方的心情，同時又能確實傳達自己的心情是很難的事。

～つつ
● track 043

雖然…卻

接續

動―ます形＋つつ

比較

和「～つつも」相同。

例句

❀ 仕事をしようと思いつつネットを見て1日が過ぎた。

雖然想著要工作，但還是上網過了一天。

～つつも
● track 043

雖然…卻

接續

動―ます形＋つつも

例句

❀ 深夜に起きて仕事をしようと思いつつも、しっかり朝まで眠ってしまいました。

想要在半夜起來工作，但卻一覺到天亮。

～つつある　●track 044
逐漸

接續

動—ます形＋つつある

比較

屬於文書用語。

例句

❀ 景気は緩やかに回復しつつある。

景氣正緩步復甦。

～て以来　●track 044
從…以後

接續

動—て形＋以来

例句

❀ 彼女は数年前に交通事故に遭って以来頭痛に悩まされている。

她從幾年前遭遇交通事故以來，就一直為頭痛所苦。

～てからでないと

•track 044

不先…就不能

接續

動－て形＋てからでないと

比較

和「～てからでなければ」相同。

例句

❀ 口座(こうざ)に着金(ちゃっきん)したのを確認(かくにん)してからでないと、発送(はっそう)しません。

不先確認金額進到戶頭之前，是不會寄送貨品的。

～てからでなければ

•track 044

不先…就不能

接續

動－て形＋てからでなければ

例句

❀ ビザを取得(しゅとく)してからでなければアメリカに入国(にゅうこく)できません。

沒有取得簽證就無法進入美國。

～てしようがない　•track 045
非常…；…得不得了

接　續

動－て形＋しようがない

い形－くて＋しようがない

な形－で＋しようがない

比　較

和「～てたまらない」「～てならない」相同；主詞都必須是第一人稱。

例　句

❀ 彼氏に会いたくてしようがない。
非常想見男友。

❀ 足が痛くてしようがない。
腳痛得受不了。

❀ 彼の性格にいらいらしてしようがない。
他的個性讓我煩得受不了。

❀ 偉大なミュージシャンがいなくなってしまって残念でしようがない。
偉大的音樂家過世了，讓人覺得十分可惜。

～てたまらない

●track 045

非常…；…得不得了

接續

動－て形＋たまらない

い形－くて＋たまらない

な形－で＋たまらない

例句

❀ 膝が痛くてたまらない。

膝蓋痛得受不了。

❀ 頭痛がしてたまらないので、近くの病院に行った。

頭痛得不得了，於是到附近的醫院去。

❀ サッカーが好きでたまらない。

對足球喜歡得不得了。

～てならない

●track 046

非常…；…得不得了

接續

動－て形＋ならない

い形－くて＋ならない

な形－で＋ならない

比較

比「～てしようがない」「～てたまらない」正式。

例句

❀ 出場できなかった選手が本当にかわいそうに思えてならない。

不禁覺得無法出場的選手非常可憐。

❀ 今回の大会に参加できるのは本当に嬉しくてならない。

能參加這次的大會真的十分開心。

❀ 試験のことが心配でならない。

對考試的事擔心得不得了。

～ということだ

track 046

據說…

接續

[動詞、名詞、い形、な形]普通形+ということだ

[命令、意向、推量、禁止]+ということだ

比較

意同「～とのこと」。

例　句

❀ ニュースによると、今年の夏はあまり暑くならないということです。

據新聞報導，今年夏天不太熱。

❀ 彼のメールでは、今年のお盆の休みに実家に帰るとのことだ。

根據他的電子郵件，今年的盂蘭盆節會回老家。

～ということだ　•track 046

就是說…

接　續

[動詞、名詞、い形、な形]普通形+ということだ

[命令、意向、推量、禁止]+ということだ

例　句

❀ エントリーした企業から連絡がないのは不採用ということですか。

沒接到應徵的企業聯絡就是沒被錄用嗎？

～というと　•track 047

說到…；提到

接　續

名+というと

[動詞、い形、な形]普通形＋というと

比較

和「～といえば」相同。

例句

❀ 外国語というと英語を指すことが多い。

提到外語多半是指英語。

❀ スポーツというと、トップアスリートが行うような競技スポーツを連想しがちです。

提到運動，容易讓人聯想到頂尖運動員所進行的運動競技。

～といえば

track 047

說到…；提到

接續

名＋といえば

[動詞、い形、な形]普通形＋といえば

例句

❀ 日本の国技と言えば、何と言っても「相撲」でしょう。

提到日本的國技，就非相撲莫屬。

❀ アメリカといえば、飛行機に遅れて困ったことを思い出します。

提到美國，就想到因搭不上飛機而困擾的回憶。

～というものだ
track 047

也就是說

接續

[動詞、名詞、い形、な形]普通形＋というものだ

(但「名詞」和「な形」可以不接「だ」)

比較

例句

❀ いい作品ができた。苦労して働いた甲斐があったというものだ。

做出了好作品，辛苦工作都有價值了啊。

❀ 一生懸命勉強したので、テストの結果が待ち遠しいというものだ。

因為非常努力學習，所以迫不及待想知道考試的結果啊。

❀ 小さな会場で生演奏を聞かせてもらうのは贅沢というものだ。

在小小的會場能聽到現場演奏，真是奢華的事情啊。

～というものではない ●track 048
未必；並非

接續

[動詞、名詞、い形、な形]普通形＋というものではない

(但「名詞」和「な形」可以不接「だ」)

比較

和「～というものでもない」相同。

例句

❀ 情報が多ければ判断が楽というものではない。

並非資訊越多就越容易判斷。

❀ 年が若ければいいというものではない。

並不是越年輕越好。

❀ このエピソードは歴史的事実というものではないのだろう。

這個故事應該不是歷史事實吧。

❀ 政治家だけでこの国を動かしていくというものではない。

並不是只靠政治家就可以讓這個國家運作。

～というものでもない　•track 048
未必；並非

接續

[動詞、名詞、い形、な形]普通形＋というものでもない

(但「名詞」和「な形」可以不接「だ」)

例句

❀ インテリアは高(たか)ければよいというものでもない。

室內裝潢並不是越貴越好。

❀ 高価(こうか)な食材(しょくざい)を使(つか)いさえすればおいしい料理(りょうり)ができるというものでもない。

並不是使用昂貴食材就能做出好吃的料理。

❀ 保険(ほけん)に入(はい)っておけば安心(あんしん)というものでもない。

並不是有投保就能放心。

～というより　•track 048
與其…不如…

接續

[動詞、名詞、い形、な形]普通形＋というより

(但「名詞」和「な形」可以不接「だ」)

例句

❀ 最近の駅前広場は、広場というより、むしろ自転車置き場だ。

最近的站前廣場，與其說廣場，不如說是自行車停車場。

❀ 学生にとって、勉強は、義務というより、むしろ権利であるはずだ。

對學生來說，念書與其說義務不如說是權利。

❀ 暖房が効きすぎて、暖かいというより暑い。

暖氣太強了，與其說溫暖不如說是熱。

❀ 彼女は綺麗というよりかわいい。

她與其說漂亮，不如說是可愛。

❀ 全てを練習するというよりも自分のレベルに合わせてできる部分から練習すると効果的です。

與其所有的部分都練習，不如從適合自己程度的部分開始，還比較有效果。

～といったら ● track 049

說到…

接續

名＋といったら

例句

❀ あのレストランの料理の美味しさといったら、口で言い表せないほどです。

說到那家餐廳的美味，是無法言喻的。

～といっても ●track 049
雖然說…；就算…

接續

[動詞、名詞、い形、な形]普通形+といっても

(但「名詞」和「な形」可以不接「だ」)

例句

❀ 給料が高いといっても、物価が高いから、生活は楽ではない。

雖然薪水很高，但因為物價也高，生活並不輕鬆。

❀ 彼の場合、勉強しているといっても、ただ机の前に座っているだけだ。

他就算說要念書，也只是坐在桌子前面而已。

❀ そのアーティストが好きだといっても、全部の曲を知っているわけではありません。

就算是喜歡那個歌手，也不可能知道他所有的歌。

❀ 課長といっても部下は3名だけで同じ仕事をしている。

雖然說是課長，但其實也只是有 3 位部下做同樣的事而已。

～とおり（に）　　•track 050
依照

接　續

動一辞書形＋とおり（に）

動一た形＋とおり（に）

名一の＋とおり（に）

名＋とおり（に）

比　較

和「～どおり（に）」相同。

例　句

❀ 私の言ったとおりにやってみてください。

請照我說的做。

❀ 説明書に書いてあるとおりに組み立ててください。

請照說明書寫的組合。

❀ この赤線のとおりに進んでください。

請依紅線前進。

～どおり（に） ●track 050
依照

接續

動－辞書形＋どおり（に）
動－た形＋どおり（に）
名－の＋どおり（に）
名＋どおり（に）

例句

❀ 予想(よそう)どおり、日本(にほん)チームが優勝(ゆうしょう)した。
正如同預期，日本隊獲得勝利。

❀ 薬(くすり)は用法(ようほう)どおりに飲(の)まないといけない。
藥物一定要照使用說明服用。

～とか ●track 050
聽說

接續

[動詞、名詞、い形、な形]名詞修飾型＋とか

例句

❀ 3時(じ)に着(つ)くとか言(い)ったと思(おも)いますよ。
我記得(他)好像說3點會到喔。

❀ 昨日はこの夏一番の暑さだったとか。

聽說明天是這個夏天最熱的一天。

❀ 田中さんのお父さんも議員だとか伺いました。

聽說田中的父親是議員。

～どころか ● track 050

哪談得上；別說是…

接續

[動詞、い形]普通形＋どころか

な形ーな/な形ー〇＋どころか

名＋どころか

例句

❀ 外国へ行くどころか町の外にも出られないよね。

別說是出國了，連這個城市都出不去。

❀ 虫が嫌いどころか怖い。

對於昆蟲，別說是討厭了簡直是害怕。

❀ 私の部屋は寒いどころか、冷蔵庫みたいなところだ。

我的房間別說是冷了，簡直像是冰箱。

～どころではない　●track 051
哪可以…

接續

動―辞書形＋どころではない

名＋どころではない

比較

和「～どころではなく」相同。

例句

❀ 忙しくて遊ぶどころではない。

忙得不得了，哪可以玩樂。

❀ 来週試験があるから旅行どころではない。

下星期就要考試了，哪能去旅行。

～どころではなく　●track 051
哪可以…

接續

動―辞書形＋どころではなく

名＋どころではなく

例句

❀ 仕事が忙しくなり練習どころではなく、レースに出場することもなくなりました。

工作變得忙碌沒有時間練習，所以也失去了比賽出場的機會。

～ところに

• track 051

正當…

接續

動－辭書形＋ところに

動－た形＋ところに

動－ている＋ところに

い形－い＋ところに

比較

和「～ところへ」「～ところを」相同。

例句

❀ 私(わたし)が音楽(おんがく)を聞(き)いているところに、お客(きゃく)さんが来(き)た。

我正在聽音樂的時候，客人來了。

～ところへ

• track 052

正當…

接續

動－辭書形＋ところへ

動－た形＋ところへ

動－ている＋ところへ

い形－い＋ところへ

例句

❀ いいところへ来(き)ましたね。今(いま)ちょうど良(よ)いお酒(さけ)が手(て)に入(はい)ったんです。一緒(いっしょ)に飲(の)みましょう。

你來得正好，我剛好有一瓶好酒，要不要一起喝一杯？

～ところを ●track 052

正當…

接續

動－辞書形＋ところを

動－た形＋ところを

動－ている＋ところを

い形－い＋ところを

比較

「～ところを」後面通常是接被動或使役形。

例句

❀ 仕事中(しごとちゅう)に居眠(いねむ)りしているところを課長(かちょう)に見(み)られた。

工作中打瞌睡被課長看見了。

～としたら
track 052

如果…

接續

[動詞、名詞、い形、な形]普通形＋としたら

比較

和「～とすれば」相同。

例句

❀ 生まれ変わるとしたら男がいいか女がいいか。

如果轉世的話，想當男生還是女生？

❀ もし今日が自分の人生最後の日だとしたら、何をしたいですか。

如果今天是自己人生最後一天，想做什麼？

～としたら
track 053

從…方面來考慮；既然…

接續

[動詞、名詞、い形、な形]普通形＋としたら

比較

和「～とすれば」相同。

例　句

❀ プロが無理だとしたら、少年野球の監督でもいいんです。

既然不能成為職業選手，那麼當青少棒的教練也可以。

～とすれば　•track 053

如果…

接　續

[動詞、名詞、い形、な形]普通形＋とすれば

例　句

❀ 彼の発言が事実だとすれば本人の命が危ない。

如果他說的話是事實，那麼他就有生命危險了。

～とすれば　•track 053

從…方面來考慮；既然…

接　續

[動詞、名詞、い形、な形]普通形＋とすれば

例 句

❀ 電話をかけても、出ないとすれば、今日は定休日なのでしょう。

既使打電話也沒人接，那麼今天應該是公休日吧。

な行

～ない限り（は）

track 054

除非…否則就…

接 續

動－ない形＋ない限り（は）

い形－く＋ない限り（は）

な形－で＋ない限り（は）

名－で＋ない限り（は）

例 句

❀ 負けたと言わない限り勝っている。

只要沒說出認輸，就還算勝利。

❀ 仕事が忙しくない限り、毎日運動したい。

只要工作不忙，就想每天運動。

❀ プロでない限り、修復した痕跡を見つけるのはかなり難しいことです。

除非是專業人士，否則要看出修復的痕跡是很困難的。

❀ 今日はよほど重要でない限り会社に連絡しないでください。

今天除非有重要的事，否則不要和公司聯絡。

～ないことには　● track 054
不…就不…

接　續

動－ない形＋ないことには

い形－く＋ないことには

な形－で＋ないことには

名－で＋ないことには

比　較

後面通常會接具否定意思的句子。

例　句

❀ 受験準備には、まずは子供自身が勉強しないことには話になりません。

提到準備升學考試，如果小孩自己不用功的話就沒戲唱了。

❀ 情報が多くないことには、推理もできません。

情報不夠多的話就無法推理。

❀ 積極的でないことには、この仕事は無理だ。

不積極的話就無法勝任這個工作。

❀ 事故の原因が何かは、専門家でないことには分からないでしょう。

事故的原因是什麼，不是專業人士不會知道。

～ないことはない ●track 055

並不是沒有…；不是不…

接續

動－ない形＋ないことはない

い形－く＋ないことはない

な形－で＋ないことはない

名－で＋ないことはない

比較

和「～ないこともない」相同。

例句

❀ 難しいけどできないことはない。

雖然很難，但不是辦不到。

❀ この小説、面白くないことはないんですが、今ひとつですね。

這本小說，不能說不有趣，但也只是普通。

～ないこともない　•track 055

並不是沒有…；不是不…

接續

動ーない形＋ないこともない

い形ーく＋ないこともない

な形ーで＋ないこともない

名ーで＋ないこともない

例句

❀ A:「このコート、ちょっと地味ではありませんか。」

這件外套會不會太不起眼了？

B:「地味でないこともないけど、よく似合っているからいいんじゃないですか。」

並不會太不起眼，很適合你啊。

～ながら

雖然…

●track 056

接續

動－ます形＋ながら

動－ない形＋ない＋ながら

い形－い＋ながら

な形－〇＋ながら

名＋ながら

比較

和「～つつ」「～つつも」的意思類似。

例句

❀ あれだけの才能(さいのう)がありながらいつも貧乏(びんぼう)だ。

雖然那麼有才華但卻一直很貧窮。

❀ 残念(ざんねん)ながら明日(あした)学校(がっこう)に行(い)けそうにありません。

很遺憾明天無法去學校。

(「残念ながら」為慣用用法，表示「很遺憾」、「很可惜」)

❀ 彼(かれ)は小柄(こがら)ながら、抜群(ばつぐん)の運動能力(うんどうのうりょく)を生(い)かしたプレイを展開(てんかい)する。

他雖然個頭小，但是用出眾的運動能力進行比賽。

❀ この加湿機は、安いながら性能がいい。
這台加濕器，雖然便宜但是功能很好。

～など ●track 056
之類的；等等

接續

名＋など

比較

和「～なんか」「～なんて」相同。

例句

❀ 彼らは私の姓名、年齢などを尋ねた。
他們問我的姓名及年齡等。

～など ●track 056
那類的(表示輕視)

接續

名＋など

比較

和「～なんか」「～なんて」相同。

例 句

❀ 私は決してうそなどつきません。

我決對不會說謊之類的。

❀ そんな男のことなど知らないね。

沒想到他是那種男生。

～なんか

•track 056

之類的；等等

接 續

名＋なんか

例 句

❀ スーツなんか着て、どこ行くの。

竟然還穿西裝，要去哪裡呢？

～なんか

•track 057

那類的(表示輕視)

接 續

名＋なんか

例 句

❀ お金なんか要りません。

我才不需要錢。

❀ 君なんかに分かるものか。

像你這種人才不懂呢！

～なんて　● track 057

之類的；等等

接續

名＋なんて

例句

❀ 父の日に旅行なんてどうですか。

父親節要不要去旅行什麼的呢？

～なんて　● track 057

那類的(表示輕視)

接續

名＋なんて

例句

❀ 勉強なんて大嫌いだ。

最討厭念書什麼的了。

❀ 嫌だなんて言わせない。

不讓你說不要什麼的。

❀ 木村(きむら)なんていう人(ひと)はここでは働(はたら)いていません。

沒有什麼姓木村的在這裡工作。

～にあたって　● track 057
在…的時候；在…之際

接續

動－辭書形＋にあたって

名＋にあたって

比較

和「～にあたり」相同。

例句

❀ 住宅(じゅうたく)を購入(こうにゅう)するにあったて、物件代金以外(ぶっけんだいきんいがい)にも諸費用(しょひよう)が必要(ひつよう)になります。

買房子的時候，必然會同時產生購屋金額以外的各種費用。

～にあたり　● track 058
在…的時候；在…之際

接續

動－辭書形＋にあたり

名＋にあたり

例句

❀ 新年にあたり自分の目標を再確認した。

趁著新年再次確認自己的目標。

～に応じ

•track 058

根據…；依…

接續

名＋に応じ

比較

和「～に応じた」「～に応じて」相同。

例句

❀ 温度に応じ、体の色を変える昆虫がいる。

有昆蟲會依溫度改變身體的顏色。

～に応じた

•track 058

根據…；依…

接續

名＋に応じた

例句

❀ 学生(がくせい)は能力(のうりょく)に応(おう)じた教育(きょういく)を受(う)ける権利(けんり)がある。

學生有權力依自己能力接受教育。

～に応(おう)じて　● track 058

根據…；依…

接續

名＋に応(おう)じて

例句

❀ 勤務年限(きんむねんげん)に応(おう)じて退職金(たいしょくきん)が異(こと)なる。

根據服務年資，退休金也有所不同。

❀ 収入(しゅうにゅう)に応(おう)じて税金(ぜいきん)が課(か)される。

依據收入課稅。

～に（は）かかわりなく　● track 059

不管…

接續

動―辞書形＋動―ない形＋ない＋に（は）かかわりなく

名＋に（は）かかわりなく

比較

「に(は)かかわりなく」也可以用「にかかわらず」代替。

例句

❀ 晴雨にかかわりなく決行する。

無論晴雨都要舉行。

❀ 有能な人なら年齢にかかわりなく採用する。

只要是有能力的人，不管什麼年齡都會錄用。

❀ 家族の賛成、不賛成にかかわりなく私は行くつもりだ。

不管家人贊不贊成，我都要去。

～に限って

●track 059

只限

接續

名＋に限って

比較

和「～に限る」「～に限り」相同。

例句

❀ 本日に限って、この商品を半額にさせていただきます。

限本日，此商品半價。

～に限(かぎ)って　•track 059
唯有

接續

名＋に限(かぎ)って

例句

❀ その日(ひ)に限(かぎ)って彼(かれ)は定刻(ていこく)に来(こ)なかった。
他唯有在那天沒有準時到。

❀ あの人(ひと)に限(かぎ)ってそんなことをするはずがない。
唯有那個人絕對不可能做那種事。

～に限(かぎ)らず　•track 059
不只是…

接續

名＋に限(かぎ)らず

例句

❀ 子供(こども)に限(かぎ)らず大人(おとな)でも健康管理(けんこうかんり)は大切(たいせつ)です。
不只是小孩，對大人來說健康管理也很重要。

～に限り　●track 059
只限

接續

名＋に限り

例句

❀ 今回に限り教えてあげよう。

就限這次，我教你吧。

❀ 正当な理由のある場合に限り考慮する。

有正當理由我才考慮。

～に限る　●track 060
只限

接續

名＋に限る

比較

和「～に限り」「～に限って」相同。

例句

❀ 予算は 100 万円以内に限られている。

預算限制在100萬日圓以內。

❀ 入場者は女性に限ります。

入場者限女性。

～に限る　•track 060
最好

接續

名＋に限る

動－辞書形＋に限る

動－ない形＋ない＋に限る

例句

❀ 疲れを癒すには眠るに限る。

要消除疲勞靠睡眠最有效。

～にかけては　•track 060
在…方面

接續

名＋にかけては

比較

和「～にかけても」相同。後面是接讚譽的句子。

例句

❀ 囲碁にかけては彼は一流だ。

在圍棋界他是第一流的。

～にかけても　•track 060
在…方面

接續

名＋にかけても

例句

❀ 彼は建築はもちろん医療関係やそのほかの分野にかけてもかなり知識がある。

建築就不用說了，在醫療關係或其他領域他也都學識豐富。

～に決まっている　•track 061
一定是…

接續

[動詞、い形]普通形＋に決まっている

名＋に決まっている

な形－〇＋に決まっている

例句

❀ 今は世の中が不景気だから何もしなければ業績が落ちるに決まっている。

因為現在不景氣，要是什麼都不做的話，業績一定會下滑。

❀ 古い車なのだから、安いに決まっている。

因為是舊車，所以一定很便宜的。

❀ 彼にサッカーで勝つなんて無理に決まっている。

足球要赢過他想也知道不可能。

❀ そんな話はうそに決まっていますよ。

那種故事一定是謊話。

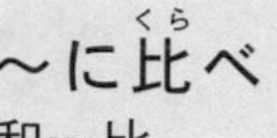

～に比べ

• track 061

和…比

接 續

名+に比べ

比 較

和「～に比べて」相同。

例 句

❀ 今年は去年に比べ、冬が寒い。

和去年比起來，今年的冬天比較冷。

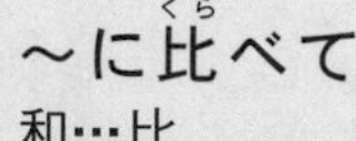

～に比べて

• track 061

和…比

接 續

名+に比べて

例句

❀ 夏休み中にめちゃくちゃ食べて飲んでしていて、いざ体重計に乗ったら2週間前に比べて3キロ体重が増えていました。

暑假的時候瘋狂的大吃，一站上體重計發覺和 2星期前相比重了3公斤。

～に加え ●track 062

加上…

接續

名＋に加え

比較

和「～に加えて」相同。

例句

❀ 大豆価格の高騰に加え、原油価格の高騰等により海上輸送運賃や包装資材価格が上昇している。

除了大豆價格高漲外，原油價格居高不下等原因造成海運費用和包裝材料等的價格也一直上昇。

～に加(くわ)えて

•track 062

加上…

接續

名＋に加(くわ)えて

例句

❀ 我(わ)が国(くに)は経済不況(けいざいふきょう)に加(くわ)えて、高齢化(こうれいか)、少子化(しょうしか)、人口(じんこう)の減少(げんしょう)など数多(かずおお)くの解決困難(かいけつこんなん)な問題(もんだい)に直面(ちょくめん)している。

我們國家在不景氣之外，還要面對難以解決的高齡化、少子化、人口減少等問題。

～にこたえ

•track 062

回應…；滿足…

接續

名＋にこたえ

比較

和「～にこたえた」「～にこたえて」「～にこたえる」相同。

例句

❀ 電話依頼(でんわいらい)にこたえ、医者(いしゃ)がすぐ来(き)た。

回應電話裡的請求，醫生馬上就來了。

～にこたえた
•track 062

回應…；滿足…

接續

名＋にこたえた

例句

❀ 厳しい国際水準からの要求に充分にこたえた成果が出ている。

做出能夠充分符合嚴格國際標準的成果。

～にこたえて
•track 062

回應…；滿足…

接續

名＋にこたえて

例句

❀ 社員の要求にこたえて労働時間を短縮した。

回應員工的要求，縮短了工時。

～にこたえる ●track 063
回應…；滿足…

接續

名＋にこたえる

例句

❀ 両親の期待にこたえられなかった。

無法回應父母的期待。

～に際し ●track 063
當…之際

接續

動－辞書形＋に際し

名＋に際し

比較

和「～に際して」「～に際しての」相同。

用法和「～にあたって」類似。

例句

❀ 受験に際し、いろいろ励ましを頂いた。

考試的時候，收到了很多鼓勵。

～に際して　• track 063
當…之際

接續

動―辭書形＋に際して

名＋に際して

例句

❀ 受験に際しては、本人確認を行いますので、必ず身分証明書を携帯してください。

考試的時候會確認是否為本人，請務必攜帶身分證明文件。

～に際しての　• track 063
當…之際

接續

動―辭書形＋に際しての

名＋に際しての

例句

❀ ご契約に際してのご注意事項を紹介します。

說明簽署合約時的注意事項。

～に先立（さきだ）ち　•track 064
在…之前

接續

名+に先立（さきだ）ち

比較

和「～に先立って」「～に先立つ」相同。

例句

❀ 引（ひ）っ越（こ）しに先立（さきだ）ち、ネットオークションで冷蔵庫（れいぞうこ）やテーブルを売却（ばいきゃく）しようと考（かんが）えています。

搬家之前，想要在網拍上把冰箱、桌子賣掉。

～に先立（さきだ）って　•track 064
在…之前

接續

名+に先立（さきだ）って

例句

❀ 結納（ゆいのう）とは結婚式（けっこんしき）に先立（さきだ）って行（おこな）われる重要（じゅうよう）な儀式（ぎしき）です。

訂婚是在結婚之前舉行的重要儀式。

～に先立つ　●track 064
在…之前

接續

名+に先立つ

例句

❀ 会社を始めるのに先立つものは金である。

成立公司之前需要的東西是錢。

～にしたがい　●track 064
隨著…

接續

動─辭書形+にしたがい

名+にしたがい

比較

和「～にしたがって」相同。

例句

❀ 試合が近づくにしたがい、緊張感が高まる。

隨著比賽接近，緊張感逐漸升高。

❀インターネットが普及するにしたがい、素晴らしいソフトが世の中に登場しつつあります。

隨著網路普及，許多很棒的軟體陸續問世。

～にしたがって　•track 065
隨著…

接續

動－辞書形＋にしたがって

名＋にしたがって

例句

❀高く登るにしたがって視界が開けた。

隨著越爬越高，視野也開闊了。

❀学年が進むにしたがって、教科の内容が難しくなる。

隨著學年增加，學科的內容也變難了。

～にしたら　•track 065
站在…的立場來看；對…來說

接續

名＋にしたら

比 較

和「～にすれば」「～にしても」相同。

例 句

❀ 彼にしたら、先生の親切はかえって迷惑かもしれません。

對他來說，老師的好意反而是困擾。

～にしては　•track 065

雖然；以…來說，卻…

接 續

[動詞、い形]普通形＋にしては

な形—〇＋にしては

名＋にしては

例 句

❀ 彼女は中国に10年いたにしては中国語が下手だ。

她雖然在中國住了10年，但中文還是很差。

❀ 彼は忙しいにしては、よく連絡してくれます。

他雖然很忙，但還是常和我聯絡。

❀ 彼女はアナウンサーにしては滑舌が悪い。

她雖然是主播但口齒不清。

～にしても ● track 065
站在…的立場來看；對…來說

接續

名＋にしても

比較

和「～にすれば」「～にしたら」相同。

例句

❀ 法律を守ることは、外国人にしても同じです。

要守法這件事，對外國人也一樣。

～にしても ● track 066
無論…都；即使…也

接續

[動詞、い形]普通形＋にしても

な形－(である)＋にしても

名－(である)＋にしても

比較

和「～にしろ」「～に(も)せよ」相同。

例句

❀ たとえ賢(かしこ)いにしてもまだ子供(こども)だ。

就算再聰明也只是孩子。

❀ 彼女(かのじょ)と結婚(けっこん)するにしても1年後(ねんご)だ。

就算要和她結婚也要一年後。

～にしても ●track 066
無論…都

接續

[動詞、い形]普通形＋にしても

な形－(である)＋にしても

名－(である)＋にしても

比較

和「～にしろ」「～に(も)せよ」相同。

例句

❀ 嫌(きら)いなものは、縦(たて)にしても横(よこ)にしても、好(す)きにならない。

討厭的東西，不管是橫的還是直的都不喜歡。

～にしろ
不論…；即使…也

● track 066

接續

[動詞、い形]普通形＋にしろ

な形－(である)＋にしろ

名－(である)＋にしろ

例句

❀ どんな生徒(せいと)にしろ、やる気(き)を出(で)させることが大切(たいせつ)だと思(おも)う。

不管是什麼樣的學生，讓他們拿出幹勁都是很重要的。

❀ いくら忙(いそが)しいにしろ掃除(そうじ)しなさい。

不管多忙都請你要打掃。

～にしろ
無論…都…

● track 067

接續

[動詞、い形]普通形＋にしろ

な形－(である)＋にしろ

名－(である)＋にしろ

例句

❀ 若者(わかもの)にしろ老人(ろうじん)にしろ平和(へいわ)な社会(しゃかい)を求(もと)める気持(きも)ちは同(おな)じだ。

不管是年輕人還是老人，想追求社會和平的心情都是一樣的。

❀ 出(で)かけるにしろ出(で)かけないにしろ、顔(かお)ぐらいはちゃんと洗(あら)いなさい。

不管要不要出去，都應該要好好洗臉。

～に（も）せよ 不論…

● track 067

接續

[動詞、い形]普通形+に(も)せよ

な形ー(である)+に（も）せよ

名ー(である)+に（も）せよ

例句

❀ だれが社長(しゃちょう)に選(えら)ばれるにせよ、前途(ぜんと)は多難(たなん)だ。

不管誰當上社長，前途都堪慮。

～に（も）せよ ●track 067
無論…都…

接續

[動詞、い形]普通形＋に（も）せよ
な形－(である)＋に（も）せよ
名－(である)＋に（も）せよ

例句

❀ 好(す)きにせよ嫌(きら)いにせよ、彼(かれ)は優(すぐ)れたサッカー選手(せんしゅ)であることはみんなが認(みと)めている。
無論喜不喜歡，大家都承認他是優秀的足球選手。

～にすれば ●track 067
站在…的立場來看；對…來說

接續

名＋にすれば

比較

和「～にしたら」「～にしても」相同。

例句

❀ 学生(がくせい)にすれば安定(あんてい)した職(しょく)として大企業中心(だいきぎょうちゅうしん)に応募(おうぼ)したいだろうが、

大企業は就職してからが厳しく離職率も高い。

學生的話，都想要應徵工作安定的大企業，但進了大企業後因為十分嚴格所以離職率也高。

～に沿い　•track 068
按照…

接　續

名＋に沿い

比　較

和「～に沿って」「～に沿う」「～に沿った」相同。

例　句

❀ 政府の方針に沿いエネルギーの節約を心掛けている。

根據政府的方針留心節約能源。

～に沿う　•track 068
按照…

接　續

名＋に沿う

例句

❀ お客様（きゃくさま）の期待（きたい）に沿（そ）う成果（せいか）が出来（でき）た。

達到客人期待的成果。

～に沿（そ）った
按照…

•track 068

接續

名＋に沿（そ）った

例句

❀ 適切（てきせつ）に法律（ほうりつ）に沿（そ）った対応（たいおう）をする。

依照法律適當的應對。

～に沿（そ）って
按照…

•track 068

接續

名＋に沿（そ）って

例句

❀ 決（き）まった方針（ほうしん）に沿（そ）って具体的（ぐたいてき）な制度設計（せいどせっけい）が進（すす）められる。

根據既定方針的具體化制度設定正在進行。

～に相違(そうい)ない ●track 069
一定是…；的確是…；是…沒錯

接續

[動詞、い形]普通形+に相違(そうい)ない

な形－◯+に相違(そうい)ない

名+に相違(そうい)ない

例句

❀ 会議(かいぎ)の経過(けいか)を記載(きさい)し、その内容(ないよう)に相違(そうい)ないことを確認(かくにん)し、ここに署名(しょめい)する。

記錄會議經過，確認其內容沒有錯誤後，在這裡簽名。

❀ 彼(かれ)は病気(びょうき)に相違(そうい)ない。

他一定是生病了。

❀ こんな高(こう)カロリー食(しょく)を摂取(せっしゅ)していてはメタボ度(ど)も高(たか)いに違(ちが)いない。

吃這麼高熱量的食物，肥胖度一定也很高。

～に対(たい)し ●track 069
對於…；對…

接續

名+に対(たい)し

比較

和「～に対して(は)」「～に対しても」「～に対する」相同。

例句

❀ あの方(かた)の学識(がくしき)に対(たい)し十分敬意(じゅうぶんけいい)を抱(いだ)いております。

我對他的學識持有十分高的敬意。

～に対(たい)して（は）　• track 069
對於…；對…

接續

名+に対(たい)して(は)

例句

❀ 隣国(りんこく)が我(わ)が国(くに)に対(たい)して宣戦(せんせん)を布告(ふこく)してきた。

鄰國對我國宣戰。

❀ それに対(たい)して全(まった)く無関心(むかんしん)だった。

對那件事完全沒興趣。

❀ 児童心理学(じどうしんりがく)に対(たい)して非常(ひじょう)に興味(きょうみ)をもっている。

對兒童心理學很有興趣。

～に対しても　● track 069
對於…；對…

接　續

名+に対しても

例　句

❀ 何に対してもやる気が出ない。

不管對什麼都提不起勁。

～に対する　● track 070
對於…；對…

接　續

名+に対する

例　句

❀ 相手に対する思いやりこそが本当のマナーです。

能夠體貼對方才是真正的有禮貌。

～に違いない　•track 070

一定是…；必定是…

接續

[動詞、い形]普通形＋に違いない

な形－○＋に違いない

名＋に違いない

比較

和「～に相違ない」意思相同，但較為強硬、斷定。

例句

❀ 彼はそれをしたに違いない。

一定是他做的。

❀ 彼の家はこの辺に違いない。

他家一定在這附近沒錯。

❀ この匂いと甘さですから、絶対にカロリーは高いに違いない。

從這個香味和甜度來看，熱量一定很高。

❀ 今の僕には、合格は無理に違いない。

現在的話，一定不可能考上（合格）。

～について（は）　•track 070
關於…

接續

名＋について(は)

比較

和「～につき」「～についても」「～についての」相同。

例句

❀ この件について質問はありませんか。

關於這件事有問題嗎？

～についての　•track 071
關於…

接續

名＋についての

例句

❀ 彼は動物についての講演をした。

他做了一場關於動物的演講。

OPEN

文法篇

單字篇

～についても　●track 071
關於…

接續

名＋についても

例句

❀ 税制改革(ぜいせいかいかく)についても意見(いけん)を述(の)べる。
也陳述關於稅制改革的意見。

～につき　●track 071
關於…

接續

名＋につき

例句

❀ その事故(じこ)につき、ご説明(せつめい)いたします。
關於那件事故，由我做說明。

～につき　●track 071
因為…；由於…

接續

名＋につき

比較

較正式的用法。

例句

❀ 雨天（うてん）につき、ライブは延期（えんき）いたします。

因為下雨，所以演唱會延期。

～につけ　● track 071
每當

接續

動－辭書形＋につけ

比較

和「～につけて（は）」「～につけても」相同。

例句

❀ なにかにつけ彼（かれ）は文句（もんく）を言（い）う。

不管遇到什麼事他都抱怨。

～につけ　● track 072
不論…都…；也好…也好…

接續

動－辭書形＋につけ

い形－い＋につけ

名＋につけ

例句

❀ 彼の窮状を聞くにつけ見るにつけ義憤を感じる。

不論看到還是聽說他的苦境都感到氣憤。

～につけて（は）　•track 072
每當

接續

動—辭書形＋につけて(は)

例句

❀ 彼はなにかにつけて、文句をいう。

他不管遇到什麼事都會抱怨。

～につけても　•track 072
每當

接續

動—辭書形＋につけても

例句

❀ 課長は何事につけても「徹底的に調べる」と言うことが多いような気がします。

我發覺課長不管遇到什麼事，常會說「要徹底調查」。

～につれ　•track 072

隨著…

接續

動─辭書形＋につれ

名＋につれ

比較

和「～につれて」相同。

例句

❀ パソコンが古くなるにつれ、動作処理が遅くなる。

隨著電腦變舊，處理指示就越來越慢。

❀ 植物は温暖化につれ、生息地を北あるいは高地へ移動しなければ生きていけません。

隨著地球暖化，植物不得不把棲息地往高處或北方移動，否則不能生存。

～につれて　•track 073

隨著…

接續

動─辭書形＋につれて

名＋につれて

例句

❀ 収入が増えるにつれて生活の満足度も向上する。

隨著收入增加，對生活的滿意度也向上提升。

❀ 季節の変化につれて、着るものが変わる。

隨著季節變化，改變穿著。

～にとって（は）

•track 073

對…來說

接續

名＋にとって（は）

比較

和「～にとっての」「～にとっても」相同。

例句

❀ 偶然に出会ったたくさんの仲間は私にとって一生の宝ものです。

偶然遇上的許多夥伴，對我來說是一輩子的寶物。

～にとっての
●track 073

對…來說的

接續

名+にとっての

例句

❀ 死(し)は、人間(にんげん)にとっての最大(さいだい)のテーマです。

死亡是對人類來說的最大課題。

～にとっても
●track 073

不管是對…來說

接續

名+にとっても

例句

❀ 誰(だれ)にとっても使(つか)える時間(じかん)は有限(ゆうげん)である。

不管對誰來說可以用的時間都有限。

～に伴(ともな)い
●track 073

伴隨著…

接續

動-辭書形+に伴(ともな)い

名+に伴(ともな)い

比　較

和「～に伴う」「～に伴って」相同。

例　句

❀ インターネットの普及に伴い、匿名性を悪用した書き込みが増えています。

隨著網路普及，濫用匿名制的留言也隨之增加。

❀ 健康と食生活の関係が重視されるに伴い、医療現場での管理栄養士の役割がますます大きくなりました。

隨著對健康和飲食生活關係的重視，醫療現場的營養師的角色也變得重要。

～に伴い　•track 074

和…一起；同時發生

接　續

名＋に伴い

比　較

和「～に伴う」「～に伴って」相同。

例　句

❀ 地震に伴い、津波が発生することが多い。

隨著地震一起發生海嘯的情形很多。

～に伴う(ともなう)　●track 074

伴隨著…

接續

動─辭書形＋に伴う(ともなう)

名＋に伴う(ともなう)

例句

❀ 近年(きんねん)、科学技術(かがくぎじゅつ)の発展(はってん)に伴う(ともなう)新た(あらた)な社会的課題(しゃかいてきかだい)が明(あき)らかになってきている。

近年來，隨著科技進步，而產生了新的社會問題。

～に伴う(ともなう)　●track 074

和…一起；同時發生

接續

名＋に伴う(ともなう)

例句

❀ 権利(けんり)には、それに伴う(ともなう)責任(せきにん)がある。

權利必有伴隨其同時發生的責任。

～に伴って　•track 074
伴隨著…

接續

動－辭書形＋に伴って
名＋に伴って

例句

❀ 改正臓器移植法が施行されるに伴って、脳死判定患者の家族の同意による臓器提供ができるようになりました。
隨著器官捐贈修正法的實施，在腦死病患的家屬同意下進行的器官提供也變得可行。

❀ 円高に伴って日本国内の輸出産業は損害を被ります。
隨著日圓升值，日本國內的出口產業也受到很大的損害。

～に伴って　•track 075
和…一起；同時發生

接續

名＋に伴って

例句

❀ 日本の代表的な温泉の多くは、火山に伴って湧出しています。

許多日本代表性的溫泉，都是伴隨著火山同時湧出的。

～に反し ●track 075
和…相反

接續

名＋に反し

比較

和「～に反して」「～に反する」「～に反した」相同。

例句

❀ 日本のメディアの予想に反し、A チームが勝利した。

和日本媒體預測的相反，A隊獲得勝利。

～に反した ●track 075
和…相反

接續

名＋に反した

例句

❀ 外部からの刺激への反応を制御する神経のネットワークが過剰に働くと、意志に反した言動が繰り返し起こります。

控制反應外部刺激的神經系統過度作用，就會反覆出現和意志相反的言行。

～に反して

● track 075

和…相反

接續

名+に反して

例句

❀ この商品は期待に反して売れなかった。

這商品和期待相反，並不暢銷。

～に反する

● track 076

和…相反

接續

名+に反する

例句

❀ 試合が期待に反する結果となった。

比賽的結果和預期相反。

～にほかならない　●track 076
正是…；只是…

接　續

[動詞、い形]普通形＋にほかならない

な形－(である)＋にほかならない

名－(である)＋にほかならない

例　句

❀ この企画が失敗したのは、ニーズ調査が不十分だったにほかならない。

這個企畫會失敗，完全是因為需求調查做得不充分。

❀ 新商品を開発できたのは、田中さんの努力があったからにほかならない。

新商品能開發成功，完全是靠田中先生的努力。

❀ 彼の成功は努力の結果にほかならない。

他會成功完全是努力的成果。

～にもかかわらず　●track 076
儘管…仍…；儘管…但是…

接　續

[動詞、い形]普通形＋にもかかわらず

な形－(である)＋にもかかわらず

名－(である)＋にもかかわらず

例 句

❀ 彼は病気にもかかわらず会議に出席した。

他不顧自己生病仍出席會議。

❀ 仕事はひどく辛かったがそれにもかかわらず彼はくじけなかった

工作十分辛苦，儘管如此他仍不灰心。

❀ 社長に命令されたにもかかわらず彼は行かなかった。

儘管社長命令他，他還是沒有去。

～に基づいた　•track 077

基於…；根據…

接 續

名＋に基づいた

比 較

和「～に基づいて」「～に基づき」「～に基づく」相同。

例 句

❀ 栄養学に基づいたダイエット食のレシピで生活習慣を改善する。

以根據營養學制定的減肥食譜來改善生活習慣。

～に基(もと)づいて　•track 077
基於…；根據…

接續

名＋に基(もと)づいて

例句

❀ 給料(きゅうりょう)は資格(しかく)に基(もと)づいて支払(しはら)われる。

薪水是依據資格（證照）條件支付。

～に基(もと)づき　•track 077
基於…；根據…

接續

名＋に基(もと)づき

例句

❀ 実際(じっさい)にあった事件(じけん)に基(もと)づき、このドラマが作(つく)られた。

根據實際發生的事件，製作了這部連續劇。

～に基(もと)づく ●track 077
基於…；根據…

接續

名＋に基(もと)づく

例句

❀ 彼(かれ)の失敗(しっぱい)は小心(しょうしん)に基(もと)づくものと我々(われわれ)は考(かんが)える。

我們覺得他會失敗是因為太膽小了。

～によって ●track 078
由於…；根據…；利用…；按照…

接續

名＋によって

比較

和「～により」「～による」「～によっては」相同。

例句

❀ 重(おも)さによって値段(ねだん)が違(ちが)う。

根據重量，價格也不同。

❀ 飲酒運転(いんしゅうんてん)は法律(ほうりつ)によって禁(きん)じられている。

根據法律禁止酒駕。

❀ 彼の不注意によって、大事故が起こってしまった。

因為他的不小心，而引發了大意外。

❀ 多数決によって事を決する。

以多數表決來決定事情。。

❀ この詩はミルトンによって書かれたものだ。

這首詩是米爾頓寫的。

～によっては ●track 078

由於…；根據…；利用…；按照…

接續

名＋によっては

例句

❀ 宗教によっては、怪我で輸血しないと死んでしまうときも『輸血を認めない』ものもあるらしい。

依宗教不同，也有在受傷不輸血會有生命危險時仍「不允許輸血」的宗教。

～により　●track 078
由於…；根據…；利用…；按照…

接　續

名＋により

例　句

❀ 彼は規則により免職になった。

他根據規定被免職了。

❀ その番組は視聴者の要望により再放送された。

那個節目因應觀眾的要求而重播。

❀ 天候不良により飛行機は飛べなかった。

因為天氣不佳所以飛機停飛。

❀ 彼女の助力により成功した。

因為她的幫忙而成功。

❀ 情報はすべてコンピュータにより処理される。

所有的資訊都經由電腦處理。

～による　●track 079
由於…；根據…；利用…；按照…

接續

名＋による

例句

❀ それは場合(ばあい)による。
那要依情況決定。

❀ 実験結果(じっけんけっか)による結論(けつろん)。
依實驗結果做的結論。

❀ その事故(じこ)は彼(かれ)の不注意運転(ふちゅういうんてん)によるものだった。
那件意外是因為他開車不小心造成的。

❀ がんによる死亡率(しぼうりつ)が増加(ぞうか)している。
因癌症造成的死亡率持續上升。

❀ この絵(え)は18世紀(せいき)のフランスの画家(がか)によるものとされている。
這幅畫被認為是18世紀法國畫家的作品。

～によると　•track 079
據…說；根據…

接續

名＋によると

比較

和「～によれば」相同。

例句

❀ 聞くところによると彼は辞職するとのことだ。

根據我聽到的，他要辭職了。

～によれば　•track 079
據…說；根據…

接續

名＋によれば

例句

❀ 天気予報によれば、明日は晴れるらしい。

根據天氣預報，明天好像是晴天。

～にわたった ●track 079

整個…；橫跨…(空間或時間)；經過…

接　續

名＋にわたった

比　較

和「～にわたって」「～にわたり」「～にわたる」相同。

例　句

❀ 彼の説明は細部にわたった。

他的說明包含到細節。

～にわたって ●track 080

整個…；橫跨…(空間或時間)；經過…

接　續

名＋にわたって

例　句

❀ 天気図を見ると、明日はかなり広い範囲にわたって雨が降るようだ。

從天氣圖看來，明天有相當大的範圍都會降雨。

～にわたり ●track 080
整個…；橫跨…(空間或時間)；經過…

接續

名＋にわたり

例句

❀ このデパートは2カ月間にわたり「閉店セール」を実施した。

這間百貨曾進行為期兩個月的「休館特賣」。

～にわたる ●track 080
整個…；橫跨…(空間或時間)；經過…

接續

名＋にわたる

例句

❀ この研究論文は著者の東西文化にわたる学識を示す。

這篇研究論文展現出作者橫跨東西文化的學問。

～ぬきで（は） •track 080
少了…；去除…；免除…

接續

名＋ぬきで（は）

比較

和「～ぬく」「～ぬきに（は）」「～ぬきの」「～をぬきにして」「～はぬきにして」相同。

例句

❀ 今日（きょう）は朝食（ちょうしょく）ぬきで出（で）かけた。
今天沒吃早餐就出門了。

❀ 努力（どりょく）ぬきでは、成功（せいこう）はありえない。
沒有努力，就不可能成功。

～ぬきに（は） •track 081
少了…；去除…；免除…

接續

名＋ぬきに（は）

例句

❀ この店（みせ）の焼（や）きそばは、お世辞（せじ）ぬきにおいしいです。
那家店的炒麵，就算不說客套話也是真的好吃。

❀ インド料理を語るには、スパイスをぬきには始められない。

要談印度料理，就不能少了香料。

～ぬきの　•track 081

少了…；去除…；免除…

接　續

名＋ぬきの

例　句

❀ わさびぬきの寿司を注文します。

點不加芥末的壽司。

～ぬく　•track 081

少了…；去除…；免除…

接　續

名＋ぬく

例　句

❀ 朝食をぬくのは良くありません。

不吃早餐不太好。

～のみならず ●track 081
不僅…；不但…

接續

[動詞、い形]普通形+のみならず

な形−(である)+のみならず

名−(である)+のみならず

例句

❀ 彼は怒りっぽいのみならず疑い深い。

他不但易怒，疑心病還很重。

❀ あの女優は男性のみならず女性にも人気がある。

不但是男性，連女性都很喜歡那位女演員。

❀ 社長は美人であるのみならず才能もある。

社長不但是美女還很有才華。

～のもとで ●track 082
在…之下

接續

名+のもとで

比較

和「～のもとに」相同。

例 句

❀ 管理栄養士さんの指導のもとで食生活を見直しました。

在營養師的指導下重新檢視飲食生活。

～のもとに ●track 082
在…之下

接 續

名＋のもとに

例 句

❀ 法律のもとに市民の生活は保障されています。

在法律的基礎上，市民的生活受到保障。

は行

～ばかりか ●track 082
不只…而且

接 續

[動詞、い形、な形]名詞修飾型＋ばかりか

名＋ばかりか

比較

和「～ばかりでなく」相同。

例句

❀ 彼は英語ばかりかドイツ語もスペイン語も話せる。

不只是英文，他還會說德文和西班牙文。

❀ シートベルトを着用していないと、エアバッグの効果が少ないばかりか、逆に大きなけがをするおそれがあります。

不繫安全帶的話，不只是降低安全氣囊的效果，說不定還會造成重傷。

❀ のどが痛くて、ごはんが食べられないばかりか、水さえも飲めない。

喉嚨很痛，別說是吃飯了，連水都喝不下去。

❀ バスで行くのは便利なばかりか、値段も安い。

坐公車去，別說是方便了，花費還很便宜。

～ばかりでなく

•track 083

不只…而且

接續

[動詞、い形、な形]名詞修飾型+ばかりでなく

名+ばかりでなく

例句

❀ 今日は頭が痛いばかりでなく、熱もあるんです。

今天不只頭痛，還發燒。

❀ 彼は親切なばかりでなく正直である。

他不只親切，還很誠實。

❀ 彼は野球ばかりでなく、サッカーも水泳も上手なんです。

他不只會打棒球，足球和游泳也很厲害。

～ばかりに　•track 083

只不過因為…

接續

[動詞、い形]名詞修飾型＋ばかりに

名－である＋ばかりに

な形－な/な形－である＋ばかりに

例句

❀ 安全確認を怠ったばかりに、死亡事故を引き起こしてしまった。

只不過是疏忽了安全確認，就造成了死亡意外。

❀ 数学(すうがく)が苦手(にがて)なばかりに、行(い)きたい大学(だいがく)に行(い)けない。

只不過是數學不拿手，就進不了想念的大學。

❀ 外国人(がいこくじん)であるばかりにその会社(かいしゃ)に入(はい)れない。

只不過因為是外國人，就進不了那間公司。

～はともかく（として）　•track 083
姑且不論…；先別說…

接續

名＋はともかく（として）

例句

❀ あの俳優(はいゆう)は、顔(かお)はともかくとして演技(えんぎ)がすばらしい。

那個演員，先別說長相，演技十分精湛。

～はぬきにして　•track 084
少了…；去除…；免除…

接續

名＋はぬきにして

比較

和「～ぬく」「～ぬきに（は）」「～ぬきの」「～ぬきで（は）」「～をぬきにして（は）」相同。

例句

❀ 冗談はぬきにして、もっとまじめに考えてくださいよ。

別開玩笑了，請認真一點思考。

～ば～ほど　•track 084
越…越…

接續

動－ば＋動－辞書形＋ほど

い形－ければ＋い形－い＋ほど

な形－なら/であれば＋な形－な/でえある＋ほど

名－なら＋/であれば＋名－である＋ほど

例句

❀ 失敗すればするほど、成功に近づいている。

越是失敗，離成功越近。

❀ 問題解決は、早ければ早いほど、片付けやすい。

解決問題，動作越快越容易。

❀ お年寄りが使う携帯電話は簡単なら簡単なほどいいです。

老人家所用的手機，越簡單越好。

❀ 静(しず)かであればあるほど、集中(しゅうちゅう)できる。

越是安靜，越容易集中精神。

❀ 高学歴(こうがくれき)であればあるほど採用(さいよう)されやすい。

學歷越高，越容易被錄用。

～ほど ●track 085
越…越…

接續

動－辞書形＋ほど

い形－い＋ほど

な形－な＋ほど

名＋ほど

比較

是「～ば～ほど」的省略用法。

例句

❀ 優秀(ゆうしゅう)な人(ひと)ほど自慢(じまん)しない。

越是優秀的人越不驕傲。

～はもちろん ●track 085
不用說…；當然

接續

名＋はもちろん

比較

和「～はもとより」相同。

例句

❀ 彼女は英語はもちろん中国語も話す。

英文就不用說了，她也會說中文。

～はもとより　•track 085
不用說…；當然

接續

名＋はもとより

例句

❀ 彼はもとより、先生もわたしの意見に賛成している。

他就不用說了，連老師都贊成我的意見。

～べき　•track 085
應該要…；必須要…

接續

動一辭書形＋べき

(「するべき」可以寫成「すべき」)

比較

和「～べき」相同。

例句

❀ やるべきことはやってきた。

該做的事都做了。

～べきだ •track 085

應該要…；必須要…

接續

動一辭書形＋べきだ

（「するべきだ」可以寫成「すべきだ」）

例句

❀ もう行(い)くべきだ。

該走了。

❀ もっと早(はや)く出(で)かけるべきだった。

該早點出門的。

～べきではない •track 086

不該…

接續

動一辭書形＋べきではない

（「するべきではない」可以寫成「すべきではない」）

比較

是「べきだ」的否定。

例句

❀ こんな時（とき）に笑（わら）うべきではない。

這個情況不應該笑。

～ほかしかたがない •track 086
只好…

接續

動－辭書形＋ほかしかたがない

比較

和「～（より）ほか（は）ない」相同。

例句

❀ 健康（けんこう）のためには、お酒（さけ）をやめるほかしかたがないだろう。

為了健康，也只好戒酒了。

• track 086

～（より）ほか（は）ない
只好…

接續

動－辭書形＋(より)ほか(は)ない

例句

❀ 現状(げんじょう)を打破(だは)するには挑戦(ちょうせん)するよりほかはない。

要打破現況，沒有比去挑戰更好的了。/要打破現狀，只有挑戰一途。

～ほど
• track 087

表示程度

接續

動－辭書形＋ほど

動－ない形＋ない＋ほど

い形－い＋ほど

な形－な＋ほど

名＋ほど

比較

和「～ほどの」「～ほどだ」相同。

例句

❀ 床（ゆか）はまぶしいほどに磨（みが）かれていた。
地板被擦得幾乎可說是耀眼。

❀ やりたいことが山（やま）ほどある。
想做的事積得像山一樣高。

～ほど •track 087
沒有比…還好

接續

動－辞書形＋ほど…はない

名＋ほど…はない

比較

和「くらい」類似。

例句

❀ 我（わ）が家（や）ほどいいところはない。
沒有比(像)自己家還好的地方了。

❀ 彼（かれ）ほど良心的（りょうしんてき）な人（ひと）はいない。
沒有人像他這麼有良心。

～ほどだ　•track 087
表示程度

接續

動－辞書形＋ほどだ

動－ない形＋ない＋ほどだ

い形－い＋ほどだ

な形－な＋ほどだ

名＋ほどだ

例句

❀ 忙(いそが)しくて猫(ねこ)の手(て)も借(か)りたいほどだ。

忙到想向貓借手。(俚語，表示忙得不得了。)

～ほどの　•track 087
表示程度

接續

動－辞書形＋ほどの

動－ない形＋ない＋ほどの

い形－い＋ほどの

な形－な＋ほどの

名＋ほどの

例句

❀ 小説と呼ぶほどのものではない。

稱不上是小說。

❀ この1年間台風というほどの台風はなかった。

這1年裡沒有稱得上是颱風的颱風。

ま行

～まい　●track 088

不會；絕不

接續

動－辭書形＋まい

(「するまい」可寫成「すまい」；第二、三類動詞可以用ない形接まい)

例句

❀ 事態が悪化することはあるまい。

事態不會惡化。

～まい　●track 088
絕對不做…

接　續

動－辭書形＋まい

(「するまい」可寫成「すまい」；第二、三類動詞可以用ない形接まい)

例　句

❀ 二度と行くまい。

決不會再去。

～まいか　●track 088
不會…吧

接　續

動－辭書形＋まいか

(「するまいか」可寫成「すまいか」；第二、三類動詞可以用ない形接まいか)

例　句

❀ 水不足が続くと、今年も米の生産に影響が出るのではあるまいかと心配だ。

擔心再持續缺水，今年的稻米會不會又受影響。

～向きだ　●track 088

適合…

接續

名＋向きだ

比較

和「～向きに」「～向きの」相同。

例句

❀ やさしい中国語で書いてあるので、この本は初心者向きだ。

這本書因為是用簡單的中文寫成的，所以適合初學者。

～向きに　●track 089

適合…

接續

名＋向きに

例句

❀ 髪を夏向きにさっぱりと短めに整えた。

把頭髮剪成適合夏天的短髮。

～向きの　●track 089
適合…

接續

名＋向きの

例句

❀ お年寄り向きの食事。

適合老人家的飲食。

～向けだ　●track 089
以…為對象

接續

名＋向けだ

比較

和「～向けに」「～向けの」相同。

例句

❀ この映画は子供向けだ。

這部電影是以孩子為對象的。

～向(む)けに ● track 089
以…為對象

接續

名＋向(む)けに

例句

❀ レンタル業者(ぎょうしゃ)はスマートフォン向(む)けに電子(でんし)ブックストアサービスの提供(ていきょう)を開始(かいし)した。

出租業者針對智慧型手機，開始提供電子書店服務。

～向(む)けの ● track 089
以…為對象

接續

名＋向(む)けの

例句

❀ これは少年(しょうねん)向(む)けの漫画(まんが)だ。

這是以少年為對象的漫畫。

～もかまわず　•track 090
不在乎…

接續

名+もかまわず

例句

❀ 電車(でんしゃ)の中(なか)で人目(ひとめ)もかまわず泣(な)いてしまいました。

在電車裡不在乎別人的眼光哭了。

～も～なら～も　•track 090
既…又…

接續

名+も+な形－なら+名+も

比較

和「～も～ば～も」相同;「～も～なら～も」是用於な形容詞。

例句

❀ 彼(かれ)はスポーツも上手(じょうず)なら頭(あたま)もいい、クラスの人気者(にんきもの)だ。

他不僅很會運動頭腦又好，是班上的風雲人物。

～も～ば～も
• track 090

既…又…

接續

名+も+動ーば+名+も

名+も+い形ーければ+名+も

例句

❀ この店のものは値段も安ければ質もいいと評判です。

這家店的商品不但價格便宜品質又好，很受好評。

～もの
• track 090

因為…

接續

[動詞、名詞、い形、な形]普通形+もの

(有時也會接於「です」「ます」後面)

比較

屬於口語用法;也可說「もん」。

例句

❀ 早く寝なさい。もう遅いもの。

快點睡，因為已經很晚了。

～もの（です）か　• track 091
決對不…

接續

[動詞、い形、な形]名詞修飾型+もの(です)か

名ーな+もの（です）か

比較

口語可說「もんか」「もんですか」。

例句

❀ あんな店、二度と行くものか。

那種店，誰會想去第二次啊！

～ものがある　• track 091
感覺到…；的確是…

接續

[動詞、い形、な形]名詞修飾型現在式+ものがある

例句

❀ 彼女の話にはどこか納得できないものがある。

她的話裡有些讓人覺得無法接受的部分。

～ものだから　•track 091

因為…；由於…

接　續

[動詞、い形、な形]名詞修飾型＋ものだから

名－な＋ものだから

例　句

❀ 彼が言わなかったものだから知らなかった。

因為他沒說所以我不知道。

～ものなら　•track 091

要是…

接　續

動－辭書形＋ものなら

例　句

❀ 逃げられるものなら逃げてみろ。

你敢逃的話就逃看看。

～ものの ●track 092
雖然說…但…；雖然…

接 續

[動詞、い形、な形]名詞修飾型+ものの

比 較

名詞時要用「名+とはいうものの」的形式。

例 句

❀ 一眼(いちがん)レフカメラを買(か)ったものの、使(つか)い方(かた)が分(わ)からなくて困(こま)っています。

雖然買了單眼相機，但不會用所以覺得很困擾。

❀ 習(なら)いはしたものの、すっかり忘(わす)れてしまった。

雖然學過了，但忘得一乾二淨。

や行

～やら～やら ●track 092
又…又…；…和…等等

接 續

動－辭書形+やら+動－辭書形+やら

い形ーい＋やら＋い形ーい＋やら

名＋やら＋名＋やら

例　句

❀ ももやらいちごやら、果物（くだもの）をたくさん買（か）った。

買了很多水果，像是桃子或草莓之類的。

～ようがない　• track 092

沒辦法…

接　續

動ーます形＋ようがない

比　較

和「～ようもない」相同。

例　句

❀ この事件（じけん）は避（さ）けようがない。

這個意外無法避免。

～ようもない　• track 093

沒辦法…

接　續

動ーます形＋ようもない

例句

❀ この車(くるま)は国産車(こくさんしゃ)の同等(どうとう)クラスとは比(くら)べようもない運転(うんてん)の快適性(かいてきせい)と装備(そうび)を兼(か)ね備(そな)えていると思(おも)います。

這台車具備了其他同等級國產車比不上的駕駛舒適性和裝備。

～ようではないか　●track 093
一起來…吧

接續

動ー意向形＋ではないか

比較

也可以用「～ようじゃないか」。

例句

❀ 互(たが)いに批判(ひはん)しあうのはやめようではないか。

停止互相批評吧。

わ行

～わけがない ●track 093
不可能…

接續

[動詞、名詞、い形、な形]名詞修飾型+わけがない

比較

和「～わけはない」相同。

例句

❀ 血液型診断（けつえきがたしんだん）なんて当（あ）たるわけがない。

血型占卜什麼的根本不可能會準。

～わけはない ●track 093
不可能…

接續

[動詞、名詞、い形、な形]名詞修飾型+わけはない

例句

❀ マイナス10度近（どちか）いので、湖（みずうみ）が凍（こお）らないわけはない。

因為接近零下10度，湖面不可能不結冰。

～わけだ　●track 094
怪不得；自然就…

接　續

[動詞、い形、な形]名詞修飾型＋わけだ

例　句

❀ もう12月(がつ)、どうりで寒(さむ)いわけだ。

已經12月了，難怪這麼冷。

❀ 10％の割引(わりびき)というと、10万円(まんえん)の商品(しょうひん)は9万円(まんえん)になるわけですね。

九折就是說10萬日圓的商品變成9萬元。

～わけではない　●track 094
並非…

接　續

[動詞、い形、な形]名詞修飾型＋わけではない

比　較

和「～わけでもない」相同。

例　句

❀ 旅行(りょこう)が嫌(きら)いなわけではないが、忙(いそが)しくて行(い)けない。

並不是討厭旅行，只是忙得沒時間去。

～わけでもない ●track 094
並非…

接續

[動詞、い形、な形]名詞修飾型＋わけでもない

例句

❀ 別に勉強をする事が嫌いなわけでもない。ただ机に向かって本を開いても進められない。

並不是討厭念書，只是坐在書桌前打開課本卻看不下去。

～わけにはいかない ●track 095
不能…

接續

動－辭書形＋わけにはいかない

動－ない形＋ない＋わけにはいかない

比較

和「～わけにもいかない」相同。

例句

❀ 勉強しなければならないので、毎日遊ぶわけにはいかない。

因為一定要念書，所以不能每天玩。

❀ 今日は母の誕生日なので、早く家に帰らないわけにはいかない。

因為今天是媽媽的生日，所以不能不早點回家。

～わけにもいかない •track 095
不能…

接續

動－辞書形＋わけにもいかない

動－ない形＋ない＋わけにもいかない

例句

❀ アメリカの方が土地も家も安いが、そうかと言って、簡単に移住するわけにもいかない。

美國的土地和住宅都比較便宜，即使如此，也不是輕易就能移民過去。

❀ 明日が締め切りだったから原稿を書かないわけにもいかない。

明天就是截稿日了，不快寫稿子不行。

～わりに（は） ● track 095
…卻…；出乎意料

接續

[動詞、名詞、い形、な形]名詞修飾型＋わりに(は)

比較

和「～にしては」類似。

例句

❀ 彼女(かのじょ)は大食(おおぐ)いのわりに太(ふと)らない。

她食量大卻不會胖。

❀ 彼(かれ)は努力(どりょく)しないわりに成果(せいか)を求(もと)める。

他不努力卻想要有成果。

❀ あのアイドルはメディア露出(ろしゅつ)が多(おお)いわりに人気(にんき)がいまいちだ。

那個偶像常出現在媒體上卻不太紅。

❀ あの店(みせ)は有名(ゆうめい)なわりにまずい。

那間店很有名卻很難吃。

～をきっかけとして ● track 095
以…為起因；以…為開始

接續

名＋をきっかけとして

比較

和「～をきっかけに(して)」相同。

例句

❀ あの IT 社長(しゃちょう)の逮捕(たいほ)をきっかけとして、新興市場(しんこうしじょう)は崩(くず)れ始(はじ)めます。

以那位科技業社長被逮補為開端，新興市場開始瓦解。

～をきっかけに(して) •track 096
以…為起因；以…為開始

接續

名＋をきっかけに(して)

例句

❀ 今回(こんかい)の仕事(しごと)をきっかけにして、デザインに関(かん)する知識(ちしき)を深(ふか)めたい。

以這次的工作為機會，希望能增加設計相關的知識。

～をこめて •track 096
充滿…；包含…；懷有…

接續

名＋をこめて

例句

❀ 彼女(かのじょ)は心(こころ)を込(こ)めて夫(おっと)の回復(かいふく)を祈(いの)った。

她誠心祈禱丈夫能康復。

～を中心(ちゅうしん)として　•track 096
以…為中心

接續

名＋を中心(ちゅうしん)として

比較

和「～を中心に(して)」相同。

例句

❀ この言語学校(げんごがっこう)は英語(えいご)を中心(ちゅうしん)として様々(さまざま)な教育活動(きょういくかつどう)をしている。

這間語言學校是以英文為中心進行各種教育活動。

～を中心(ちゅうしん)に（して）　•track 096
以…為中心

接續

名＋を中心(ちゅうしん)に(して)

例句

❀ 都庁を中心にたくさんの会社が集まっている。

以市政府為中心有許多的公司聚集。

❀ 今年度は、日本を中心にして欧米及びアジア諸国の企業の新たな競争戦略に焦点を当てて研究を進めていく。

本年度是以日本為中心，注目歐美及亞洲各國的企業新競爭策略並研究。

～を通じて ● track 097

經由…；一直都…；從頭到尾都…

接續

名＋を通じて

比較

和「～を通して」相同。

例句

❀ そのことは一生を通じて忘れられない。

那件事我一生都不會忘。

❀ 友だちを通じて彼女に伝言を送った。

透過朋友傳話給她。

～を通(とお)して •track 097

經由…；一直都…；從頭到尾都…

接續

名＋を通(とお)して

例句

❀ 一年(いちねん)を通(とお)して涼(すず)しい日(ひ)が続(つづ)いた。

一整年都是涼爽的日子。

❀ ネットを通(とお)してドイツ人(じん)と知(し)り合(あ)いました。

透過網路和德國人認識。

～を～とした •track 097

把…當作…；以…為…

接續

名＋を＋名＋とした

比較

和「～を～として」「～を～とする」相同。

例句

❀ この制度(せいど)は現在(げんざい)アメリカで行(おこな)われているものを手本(てほん)としたものだ。

這個制度是以現在美國正在實行的制度當作範本而制定的。

～を～として　•track 097
把…當作…；以…為…

接續

名＋を＋名＋として

例句

❀ 図書館の職員を講師として研修会を開いた。

請圖書館的員工當講師舉辦研習。

～を～とする　•track 098
把…當作…；以…為…

接續

名＋を＋名＋とする

例句

❀ 教育研修部門は人材育成を目的とする部門です。

教育研修部門是以人材養成為目的成立的部門。

OPEN

文法篇
單字篇

～を問わず
•track 098

不管…；不論…

接續

名+を問わず

比較

也有「～は問わず」的用法。

例句

❀ 乗馬は子供から年配の方まで年齢を問わず、誰でもできるスポーツです。

騎馬是一種從小孩到老人不管什麼年齡的人都能從事的運動。

～をぬきにして（は）
•track 098

少了…；去除…；免除…

接續

名+をぬきにして（は）

比較

和「～ぬく」「～ぬきに（は）」「～ぬきの」「～ぬきで（は）」「～はぬきにして」相同。

例句

❀ 彼女(かのじょ)をぬきにしては、試合(しあい)に勝(か)てない。

少了她就贏不了比賽。

～をはじめ ●track 098

以…為首；以及…

接續

名＋をはじめ

比較

和「～をはじめとする」相同。

例句

❀ パイロットを始(はじ)め乗組員全員(のりくみいんぜんいん)が死亡(しぼう)した。

以機長為首所有的機組員都死亡了。

～をはじめとする ●track 099

以…為首；以及…

接續

名＋をはじめとする

例句

❀ ギリシャをはじめとする欧州(おうしゅう)の財政悪化問題(ざいせいあっかもんだい)が拡大(かくだい)している。

以希臘為首，歐洲的財政惡化問題正在擴大。

～をめぐって ●track 099

圍繞著…；環繞著…

接續

名+をめぐって

比較

和「～をめぐる」相同。

例句

❀ 遺産(いさん)をめぐって争(あらそ)う。

圍繞遺產展開爭奪。

～をめぐる ●track 099

圍繞著…；環繞著…

接續

名+をめぐる

例　句

❀ ツイッター上で政権をめぐるうわさが飛び交った。

在推特上充斥著關於政權的傳言。

～をもとに　● track 099
以…為依據；以…為基準

接　續

名＋をもとに

比　較

和「～をもとにして」相同。

例　句

❀ 大学の同窓会名簿から流出した情報をもとに営業電話
が勤務先にかかってきた。

以大學同學名冊流出的資訊為基礎，有推銷電話打到我工作的地方。

～をもとにして　•track 099
以…為依據；以…為基準

接　續

名＋をもとにして

例　句

❀ このドラマは事実（じじつ）をもとにして書（か）かれたものです。

這齣連續劇是以事實為基礎而寫成的。

❀ 自分（じぶん）の経験（けいけん）をもとにして話（はなし）をする。

根據自己的經驗來談話。

單字篇

あ行

あいまい
曖昧 • track 100
義 含糊不清 ⇨ 名詞、な形

例句

❀ 彼(かれ)はいつも曖昧(あいまい)なことしか言(い)わない。
他總是說些含糊不清的話。

あきら
諦める • track 100
義 放棄 ⇨ 動詞

例句

❀ アメリカ行(ゆ)きを諦(あきら)めた。
放棄美國行。

あ
飽きる • track 100
義 生厭、膩 ⇨ 動詞

例句

❀ 勉強(べんきょう)はもう飽(あ)きた。
對念書已經生厭了。

呆(あき)れる

• track 100

義 驚訝、愕然　⇨動詞

例句

❀ その大(おお)きさにはただ呆(あき)れた。

被它的巨大嚇到了。

あくび

• track 100

義 呵欠　⇨名詞

例句

❀ 彼(かれ)の講義(こうぎ)にはあくびが止(と)まらなかった。

他的課讓人忍不住一直打呵欠。

味(あじ)わう

• track 100

義 品味、體驗、鑑賞　⇨動詞

例句

❀ その酒(さけ)を一口(ひとくち)味(あじ)わった。

嚐一口那瓶酒。

あず
預かる　•track 101

義 代人保管、管理、擔任　⇨動詞

例句

❀ このスーツケースを預(あず)かってください。

請你保管這個旅行箱。

あず
預ける　•track 101

義 寄存、託、委託　⇨動詞

例句

❀ お金(かね)を全部(ぜんぶ)母(はは)に預(あず)けた。

錢全部交給母親保管。

あせ
焦る　•track 101

義 著急　⇨動詞

例句

❀ 焦(あせ)るな、時間(じかん)はたっぷりある。

別急，還有很多時間。

あた
辺り ● track 101

義 附近、周圍、大約 ⇨ 名詞

例句

❀ 彼女(かのじょ)たちは辺(あた)り構(かま)わず大(おお)きな声(こえ)で話(はな)している。

她們不管四周而大聲交談。

❀ 次(つぎ)の日曜(にちよう)辺(あた)りに桜(さくら)が咲(さ)くだろう。

下星期天左右櫻花就會開了吧。

あつ
厚かましい ● track 101

義 厚臉皮 ⇨ い形

例句

❀ 厚(あつ)かましいやつだ。

真是厚臉皮的傢伙。

❀ 厚(あつ)かましいお願(ねが)いですが。

我有個不情之請。

新た（あら） •track 102
義 新的 ⇨ な形

例句

❀ 政局（せいきょく）は新（あら）たな局面（きょくめん）を迎（むか）えた。

政局迎向新局面。

改める（あらた） •track 102
義 修改、改變、革新、修正 ⇨ 動詞

例句

❀ 2月（がつ）の末（すえ）までに規則（きそく）を改（あらた）めることになっている。

規定在2月底時會做修改。

❀ 日（ひ）を改（あらた）めて来（き）ます。

改天再來。

あらゆる •track 102
義 所有、一切 ⇨ 連體詞

例句

❀ あらゆる角度（かくど）から検討（けんとう）する。

從各種角度進行討論。

あるいは
● track 102

義 或是 ⇨ 接續詞、副詞

例句

❀ 中国語(ちゅうごくご)かあるいはイタリア語(ご)かどちらかが必修(ひっしゅう)です。

中文或是義大利文，一定要修其中一個。

慌(あわ)ただしい
● track 102

義 慌張、匆忙 ⇨ い形

例句

❀ 社員(しゃいん)たちがビルから慌(あわ)ただしく出入(でい)りしている。

社員們匆忙地進出大樓。

安易(あんい)
● track 102

義 容易、安逸、漫不經心 ⇨ 名詞、な形

例句

❀ そんな安易(あんい)な考(かんが)え方(かた)ではだめだ。

把事情看得太簡單的想法是不行的。

あんがい
案外 •track 103

義 意想不到、出乎意料 ⇨名詞、な形

例句

❀ 試験(しけん)は案外(あんがい)難(むずか)しかった。

考試出乎意料的難。

あんき
暗記 •track 103

義 記住、背誦 ⇨名詞

例句

❀ 彼(かれ)は暗記力(あんきりょく)が強(つよ)い。

他很擅於背誦。

あんしん
安心 •track 103

義 放心、安心 ⇨名詞、な形

例句

❀ ここまで逃(に)げてくればもう安心(あんしん)だ。

逃到這裡應該可以放心了。

あんまり
• track 103

義 太過分 ⇨ 副詞、な形

例句

❀ 彼の要求はあんまりだ。

他的要求太過分了。

勢い（いきお）
• track 103

義 氣勢、威力、氣焰、趨勢 ⇨ 名詞

例句

❀ あらしの勢いは全然衰えない。

暴風雨的威力完全沒減弱。

❀ その勢いなら3時までには終わるだろう。

照這個氣勢應該3點以前就能結束了。

勇ましい（いさ）
• track 103

義 勇敢 ⇨ い形

例句

❀ 強敵に勇ましく立ち向かう。

勇敢站起來面對強敵。

いったん
一旦
•track 104

義 一旦、暫時 ⇨ 副詞

例句

❀ 彼は一旦こうと決めたら一歩も後へ引かない。

他一旦這麼決定後就不會讓步。

❀ 一旦ここで休憩してまた続けよう。

先暫時在這裡休息一下再繼續。

いっち
一致
•track 104

義 一致 ⇨ 名詞

例句

❀ 私たちの見解は完全に一致している。

我們的看法完全相同。

いつのまに
•track 104

義 不知不覺 ⇨ 連語

例句

❀ 夏休みもいつのまにか過ぎてしまった。

暑假也不知不覺結束了。

いっぱい
一杯 • track 104
義 一杯、充滿 ⇨ 名詞、副詞

例句

❀ お茶(ちゃ)をもう一杯(いっぱい)いかがですか。
要不要來杯茶？

❀ もう腹(はら)が一杯(いっぱい)だ。
已經很飽了。

いてん
移転 • track 104
義 搬家、移轉 ⇨ 名詞

例句

❀ 会社(かいしゃ)は移転(いてん)の準備(じゅんび)で忙(いそが)しい。
公司為了準備搬家而忙碌。

いの
祈る • track 105
義 祈求、希望 ⇨ 動詞

例句

❀ 彼(かれ)の病気(びょうき)がよくなるように神(かみ)に祈(いの)った。
向神祈求他的病能好轉。

いま
今に
• track 105

義 至今、直到現在、不久 ⇨副詞

例句

❀ あれだけは今(いま)に忘(わす)れられない出来事(できごと)だ。
那個事件是我到現在都忘不掉的。

❀ 今(いま)に彼(かれ)も後悔(こうかい)するだろう。
到現在他應該都還在後悔。

イメージ
• track 105

義 形象、印象 ⇨名詞

例句

❀ 彼(かれ)の言葉(ことば)からは不快(ふかい)なイメージしか浮(う)かばない。
從他的話只給人不愉快的印象。

いらい
以来
• track 105

義 以來 ⇨名詞

例句

❀ あれ以来(いらい)彼(かれ)に会(あ)っていない。
從那之後就沒見過他。

依頼（いらい）

• track 105

義 委託、請求 ⇨ 名詞

例句

❀ 品物は依頼どおりに宅配便で送った。

商品會如委託的一樣宅配到府。

いらいら

• track 105

義 急躁、著急、心浮氣躁 ⇨ 副詞、名詞

例句

❀ 交通渋滞に巻き込まれていらいらした。

因為陷入塞車之中所以很煩躁。

浮く（うく）

• track 106

義 浮、浮動、剩餘 ⇨ 動詞

例句

❀ 一瞬体が宙に浮くのを感じた。

一瞬間有浮在空中的感覺。

❀ 倹約すれば月に2万円は浮く。

節約的話一個月可以多出2萬日圓。

OPEN

文法篇 單字篇

薄(うす)める

● track 106

義 稀釋 ⇨動詞

例句

❀ カルピスを水(みず)で薄(うす)める。

加水稀釋可爾必斯。

疑(うたが)う

● track 106

義 懷疑 ⇨動詞

例句

❀ 目(め)を疑(うたが)った。

懷疑自己看到的。/不敢相信自己的眼睛。

❀ 彼(かれ)が約束(やくそく)を守(まも)ることを信(しん)じて疑(うたが)いません。

對他會遵守約定的事深信不疑。

打(う)ち消(け)す

● track 106

義 否定 ⇨動詞

例句

❀ うわさを打(う)ち消(け)す。

否定傳言。

うっかり
● track 106

義 不注意、不小心、粗心 ⇨ 副詞

例句

❀ うっかり約束(やくそく)を忘(わす)れてしまった。

不小心忘了約定。

唸(うな)り
● track 106

義 鳴、呻吟、嗚嗚聲 ⇨ 名詞

例句

❀ 北風(きたかぜ)の唸(うな)りがまだ耳(みみ)に残(のこ)っている。

北風嗚嗚呼嘯的聲音還殘留在耳邊。

敬(うやま)う
● track 107

義 敬重 ⇨ 動詞

例句

❀ 田中(たなか)さんは町(まち)の人々(ひとびと)から敬(うやま)われていた。

田中受到鎮上人的敬重。

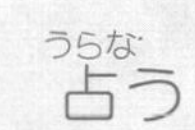

占(うらな)う

• track 107

義 占卜　⇨動詞

例句

❀ 運勢(うんせい)を占(うらな)う。

占卜自己的運勢。

恨(うら)み

• track 107

義 仇恨、怨恨　⇨名詞

例句

❀ 彼(かれ)に恨(うら)みがある。

我怨恨他。

エネルギー

• track 107

義 能量、活力　⇨名詞

例句

❀ エネルギーを蓄(たくわ)える。

養精蓄鋭。

❀ 彼(かれ)はエネルギーがある。

他很有活力。

得る、得る

●track 107

義 得到　⇨動詞

例句

❀ 彼はやっと先生の許可を得た。

他終於得到老師的許可。

遠慮する

●track 108

義 客氣、謝絕、請勿　⇨動詞

例句

❀ あの二人は互いに遠慮している。

那兩個人彼此禮讓客氣。

❀ せっかくの申し出ではあったが遠慮した。

難得提出邀請但容我拒絕。

❀ 写真撮影はご遠慮お願います。

請勿拍照攝影。

追い掛ける

●track 108

義 追趕、緊跟　⇨動詞

例句

❀ 警官が泥棒を追い掛けた。

警察緊追著小偷。

追い越す（おこす）
• track 108

義 追過、超過　⇨ 動詞

例句

❀ ライバルに追い越された。

被對手給超越了。

横断（おうだん）
• track 108

義 横越、横渡　⇨ 名詞

例句

❀ 交通規則を無視して道路を横断する。

無視交通規則穿越馬路。

大げさ（おお）
• track 108

義 誇張、誇大　⇨ 名詞、な形

例句

❀ 彼はなんでも大げさに言う。

他不管什麼都誇大其辭。

オートメーション ●track 108

義 自動化 ⇨名詞

例句

❀ オートメーション化(か)する。

進行自動化。

補(おぎな)う ●track 109

義 補足、貼補 ⇨動詞

例句

❀ バイトをして生活費(せいかつひ)を補(おぎな)った。

打工貼補生活費。

幼(おさな)い ●track 109

義 年幼 ⇨い形

例句

❀ 彼(かれ)の子供(こども)はみんなまだ幼(おさな)い。

他的孩子都還年幼。

収(おさ)める

• track 109

義 收、裝、控制、取得、繳納 ⇨ 動詞

例句

❀ お金(かね)は金庫(きんこ)に収(おさ)めた。

把錢放在金庫。

❀ 勝利(しょうり)を収(おさ)めた。

拿到勝利。

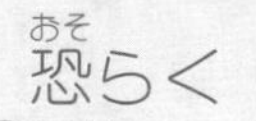

• track 109

義 恐怕 ⇨ 副詞

例句

❀ 恐(おそ)らくそれは見(み)つからないだろう。

恐怕找不到那個。

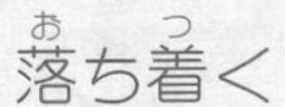

• track 109

義 冷靜、穩重、安詳、定居下來 ⇨ 動詞

例句

❀ 子(こ)どもたちの気持(きも)ちが落(お)ち着(つ)くまで待(ま)とう。

等孩子們冷靜下來。

おとなしい

• track 109

義 老實、溫順、規矩、聽話 ⇨ い形

例句

❀ この犬(いぬ)は随分(ずいぶん)おとなしいね。

這隻狗很聽話呢。

衰(おとろ)える

• track 110

義 衰退 ⇨ 動詞

例句

❀ 年(とし)をとって体力(たいりょく)が衰(おとろ)えてきた。

上了年紀之後體力就衰退了。

思(おも)いがけない

• track 110

義 沒想到、想不到 ⇨ い形

例句

❀ それはまったく思(おも)いがけないことだった。

完全沒想到會發生那件事。

思い切り(おもいきり) •track 110

義 死心、決心、徹底、乾脆 ⇨ 名詞、副詞

例句

❀ 在庫品(ざいこひん)を思(おも)い切(き)り安(やす)いお値段(ねだん)にて提供(ていきょう)いたします。

乾脆把庫存品用便宜的價錢販賣。

思い付く(おもいつく) •track 110

義 想到 ⇨ 動詞

例句

❀ いいことを思(おも)い付(つ)いた。

想到好主意。

思い出す(おもいだす) •track 110

義 想起來 ⇨ 動詞

例句

❀ 彼女(かのじょ)の名前(なまえ)が思(おも)い出(だ)せない。

想不起她的名字。

おも
主な
義 主要的 ⇨ な形
• track 110

例句

❀ ライトとブレーキがこの車(くるま)の主(おも)な点検箇所(てんけんかしょ)です。
燈和剎車是車檢主要的項目。

か行

がいけん
外見
義 外表 ⇨ 名詞
• track 111

例句

❀ 人(ひと)は外見(がいけん)では分(わ)からない。
人無法從外表判斷。

かいせい
改正する
義 修改、修正 ⇨ 動詞
• track 111

例句

❀ 法規(ほうき)を改正(かいせい)する。
修改法律。

かいぞう
改造する ●track 111

義 改造、改組、改建 ⇨動詞

例句

❀ 屋根裏を改造して書斎にする。

把閣樓改建成書房。

かえって ●track 111

義 反而 ⇨副詞

例句

❀ タクシーに乗ったら電車よりかえって時間が掛かった。

坐計程車反而比搭火車還花時間。

かか
抱える ●track 111

義 抱、懷有、負擔 ⇨動詞

例句

❀ 頭を抱える。

抱著頭。(表示很煩惱、很頭痛)

❀ 彼は巨額の借金を抱えている。

他背負著巨額債款。

かぎ
限る ●track 112
義 限制、限定、只要、最好 ⇨動詞

例句

❀ 入場者は成人に限ります。
入場者只限成人。

❀ 夏は冷たいビールに限る。
夏天就是要喝冰啤酒。

かくご
覚悟 ●track 112
義 決心 ⇨名詞

例句

❀ 断られるのを覚悟で頼んでみるつもりだ。
打算抱著會被拒絕的決心請求看看。

かくだい
拡大する ●track 112
義 擴大、放大、蔓延 ⇨動詞

例句

❀ 戦火は半島全域に拡大した。
戰火蔓延到半島全區。

かさ
重ねる
• track 112

義 堆疊、加上、屢次 ⇨動詞

例句

❀ 失敗(しっぱい)を重(かさ)ねる。

反覆失敗。

かしこ
賢い
• track 112

義 聰明、伶俐、機靈 ⇨い形

例句

❀ あれに気付(きづ)くとはなんて賢(かしこ)いんだろう。

竟然能注意到那件事，真是聰明啊。

かじょう
過剰
• track 112

義 過剩、過量 ⇨名詞、な形

例句

❀ 彼(かれ)は自意識過剰(じいしきかじょう)だ。

他自我意識過高。

かぞ
数える ●track 113

義 數 ⇨動詞

例句

❀ そんな経験(けいけん)をした者(もの)は数(かぞ)え切(き)れないほどいる。

有那種經驗的人數都數不完。

かたむ
傾く ●track 113

義 傾斜、傾向、衰微 ⇨動詞

例句

❀ 瓶(びん)が傾(かたむ)いて倒(たお)れた。

瓶子因為傾斜而倒了。

かたよ
偏る ●track 113

義 偏頗、不公平、偏袒 ⇨動詞

例句

❀ 彼(かれ)の意見(いけん)は偏(かたよ)っている。

他的意見有所偏頗。

がっかり

•track 113

義 失望 ⇨ 副詞

例句

❀ 彼(かれ)が来(こ)なくてがっかりした。

因為他沒來讓我很失望。

仮定(かてい)

•track 113

義 假設 ⇨ 名詞

例句

❀ それはあくまでも仮定(かてい)に過(す)ぎない。

那不過是個假設罷了。

必(かなら)ず

•track 113

義 必定、一定 ⇨ 副詞

例句

❀ 毎朝(まいあさ)必(かなら)ずジョギングをすることにしている。

每天早上都一定會去慢跑。

我慢(がまん)する
• track 113

義 忍耐　⇨動詞

例句

❀ あんな人(ひと)には我慢(がまん)できません。

受不了那種人。

枯(か)れる
• track 114

義 枯萎、成熟、乾枯　⇨動詞

例句

❀ 鉢植(はちう)えの植物(しょくぶつ)がすべて枯(か)れた。

盆栽裡的植物都枯死了。

カロリー
• track 114

義 熱量、卡路里　⇨名詞

例句

❀ このケーキはカロリーが高(たか)い。

這個蛋糕的熱量很高。

変わる（か）

• track 114

義 改變、轉換、與眾不同、更換 ⇨ 動詞

例句

❀ この物質（ぶっしつ）は加熱（かねつ）すると気体（きたい）に変（か）わる。

這個物質加熱後會變成氣體。

❀ 年（とし）が変（か）わった。

年份換了。/到新的一年了。

❀ あの人（ひと）はずいぶん変（か）わっている。

那個人很奇怪。

簡易（かんい）

• track 114

義 簡單、簡便 ⇨ 名詞、な形

例句

❀ 手続（てつづき）が簡易（かんい）になった。

手續變簡單了。

かんげい
歓迎
• track 114

義 歡迎 ⇨ 名詞

例句

❀ 彼(かれ)は盛(さか)んな歓迎(かんげい)を受(う)けた。

他受到熱烈歡迎。

かんげき
感激する
• track 114

義 感激、感動 ⇨ 動詞

例句

❀ 彼(かれ)らの親切(しんせつ)に感激(かんげき)した。

感激他們的親切。

❀ 立派(りっぱ)な行(おこな)いに感激(かんげき)する。

被傑出的行動感動。

かんさつ
観察する
• track 115

義 觀察 ⇨ 動詞

例句

❀ カブトムシの生態(せいたい)を観察(かんさつ)する。

觀察獨角仙的生態。

かんしゃ
感謝する
•track 115

義 感謝 ⇨ 動詞

例 句

❀ ご親切に心から感謝します。

打從心裡感謝你的親切。

かん
感じる
•track 115

義 感覺到 ⇨ 動詞

例 句

❀ 彼女は生命の危険を感じた。

她感覺到生命危險。

き
効く
•track 115

義 有效、敏銳 ⇨ 動詞

例 句

❀ この薬はせきによく効く。

這個藥對咳嗽很有效。

刻む（きざむ）

• track 115

義 切細、刻、牢記　⇨動詞

例句

❀ その光景（こうけい）は彼（かれ）の心（こころ）に深（ふか）く刻（きざ）まれた。

那個情景他牢記在心裡。

記事（きじ）

• track 115

義 新聞、報導　⇨名詞

例句

❀ 火災（かさい）の記事（きじ）を載（の）せる。

刊登火災的報導。

規制（きせい）

• track 116

義 規定、控制　⇨名詞

例句

❀ この行為（こうい）は法（ほう）で規制（きせい）されている。

這個行為受法律的規範。

きつい
•track 116

義 嚴苛、累人、緊、嚴肅 ⇨ い形

例句

❀ この仕事(しごと)はきついです。

這個工作很累人。

きっかけ
•track 116

義 契機 ⇨ 名詞

例句

❀ それが事件(じけん)のきっかけとなった。

那是事件發生的契機。

ぎっしり
•track 116

義 滿滿的 ⇨ 副詞

例句

❀ ホールには若(わか)い人(ひと)がぎっしり詰(つ)まっていた。

會場裡擠滿了年輕人。

きっと
• track 116

義 必定、一定 ⇨ 副詞

例句

❀ 彼の言っていたことはきっと実現するよ。

他說的話一定會實現的。

きにゅう
記入する
• track 116

義 記上、寫上 ⇨ 動詞

例句

❀ 申込書に名前を記入しなさい。

在申請書上寫上名字。

き
決まる
• track 117

義 決定、必定 ⇨ 動詞

例句

❀ 次の会議は4月10日に決まった。

下次的會議決定訂在4月10日。

❀ 彼女はきっと後悔するに決まっている。

她一定會後悔的。

きよう
器用 • track 117

義 靈巧、精明 ⇨ 名詞、な形

例句

❀ 彼女は器用に道具を使う。

她很靈巧地使用工具。

きょうかん
共感 • track 117

義 同感、共鳴 ⇨ 名詞

例句

❀ 彼の言葉はみんなの共感を呼んだ。

他的話引起大家的共鳴。

くしゃみ • track 117

義 噴嚏 ⇨ 名詞

例句

❀ くしゃみが出る。

打噴嚏。

くじょう
苦情 ●track 117
義 抱怨、不滿 ⇨名詞

例句

❀ 苦情(くじょう)を言(い)う。
提出抱怨。

くたくた ●track 117
義 筋疲力竭 ⇨副詞

例句

❀ 疲(つか)れてくたくただ。
累得筋疲力竭。

くだらない ●track 118
義 沒意思、無聊、沒價值 ⇨連語

例句

❀ くだらぬことばかり言(い)うな。(くだらぬ=くだらない)
別老說些廢話。

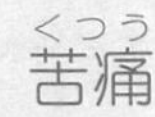

• track 118

義 痛苦 ⇨ 名詞

例句

❀ こんな遠距離通勤(えんきょりつうきん)は苦痛(くつう)だ。

像這樣長途通勤真是痛苦。

ぐっすり

• track 118

義 熟睡、睡得香甜 ⇨ 副詞

例句

❀ 赤(あか)ちゃんはぐっすり眠(ねむ)っている。

小嬰兒睡得正香甜。

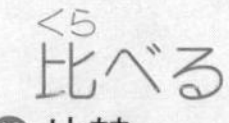

• track 118

義 比較 ⇨ 動詞

例句

❀ 前(まえ)の作品(さくひん)に比(くら)べると今度(こんど)のはよくなった。

和之前的作品比較，這次的進步了。

暮(く)れる

•track 118

義 日暮、入夜、即將過去 ⇨動詞

例句

❀ こんなことをしていたら日(ひ)が暮(く)れてしまう。

如果一直做這件事天就要黑了喔。

苦労(くろう)

•track 118

義 辛勞、操心、煩惱 ⇨名詞

例句

❀ どれほど苦労(くろう)してきたか誰(だれ)にもわからない。

沒人知道我是怎麼苦過來的。

詳(くわ)しい

•track 119

義 詳細、清楚 ⇨い形

例句

❀ その問題(もんだい)を詳(くわ)しく説明(せつめい)してください。

請詳細說明那個問題。

けいい
敬意 • track 119

㊟ 敬意 ⇨ 名詞

例 句

❀ 彼(かれ)に敬意(けいい)を表(ひょう)する。

對他表示敬意。

けいえい
経営する • track 119

㊟ 經營 ⇨ 動詞

例 句

❀ 彼(かれ)は店(みせ)を経営(けいえい)している。

他經營著一家店。

けいこう
傾向 • track 119

㊟ 傾向、趨勢 ⇨ 名詞

例 句

❀ 物価(ぶっか)は上昇(じょうしょう)の傾向(けいこう)を示(しめ)している。

物價呈現上升的趨勢。

けいしき
形式
•track 119

義 形式、方式 ⇨ 名詞

例句

❀ この申込書は実に複雑な形式である。

這個申請書的形式真的很複雜。

❀ 形式的ですが一応ここにサインをしてください。

雖然只是形式上的，但還是請在這裡簽名。

げしゃ
下車する
•track 120

義 下車 ⇨ 動詞

例句

❀ 名古屋で途中下車した。

在名古屋中途下車。

けっきょく
結局
•track 120

義 到最後、結果 ⇨ 名詞

例句

❀ いろいろ頑張ったが結局駄目だった。

做了很多努力，結果還是不行。

決断（けつだん）

•track 120

義 當機立斷、決斷 ⇨ 名詞

例句

❀ 彼（かれ）は決断（けつだん）を迫（せま）られた。

他被迫做決斷。

欠点（けってん）

•track 120

義 缺點 ⇨ 名詞

例句

❀ 欠点（けってん）のない人（ひと）はいない。

沒有人零缺點。

謙遜（けんそん）する

•track 120

義 謙虛、謙遜 ⇨ 動詞

例句

❀ 彼（かれ）は謙遜（けんそん）して何（なに）も言（い）わなかった。

他很謙虛什麼都不說。

げんど
限度
• track 120

義 限度、範圍 ⇨ 名詞

例句

❀ このバスの定員(ていいん)は15名(めい)を限度(げんど)とする。

這台公車的乘客限制是15人。

こい
恋しい
• track 120

義 戀慕、想念、懷念 ⇨ い形

例句

❀ 故郷(ふるさと)が恋(こい)しい。

懷念故鄉。

こくふく
克服する
• track 121

義 克服 ⇨ 動詞

例句

❀ 困難(こんなん)を克服(こくふく)する。

克服困難。

焦(こ)げる
• track 121

義 烤焦 ⇨動詞

例句

❀ パンが真(ま)っ黒(くろ)に焦(こ)げてしまった。

麵包烤得焦黑。

こっそり
• track 121

義 偷偷、悄悄 ⇨副詞

例句

❀ 彼(かれ)はダイヤをこっそりと盗(ぬす)み出(だ)した。

他偷偷把鑽石偷出來。

異(こと)なる
• track 121

義 不同、相異 ⇨動詞

例句

❀ 趣味(しゅみ)は人(ひと)によって異(こと)なる。

興趣因人而異。

こぼれる

• track 121

義 灑出來、溢出來 ⇨動詞

例句

❀ コーヒーが食卓(しょくたく)の上(うえ)にこぼれた。

咖啡灑到餐桌上。

細(こま)かい

• track 121

義 細、零碎、細小、詳細 ⇨い形

例句

❀ 細(こま)かい説明(せつめい)をする。

詳細說明。

さ行

際(さい)

• track 122

義 …的時候、…之際 ⇨名詞

例句

❀ 別(わか)れの際(さい)に友達(ともだち)の手(て)を握(にぎ)った。

離別之際握了朋友的手。

さいご
最後 • track 122
義 最後 ⇨名詞

例句

❀ 人の話を最後まで聞く。
聽人說話要聽到最後。

さいこう
最高 • track 122
義 最高、最好 ⇨名詞、な形

例句

❀ 違反者は最高5万円の罰金を支払わされる。
違反者最高可罰5萬日圓。

さいさん
再三 • track 122
義 再三 ⇨副詞

例句

❀ 危険だと再三注意したがだめだった。
再三警告說很危險結果也沒用。

さいのう
才能 •track 122
義 才華、天份 ⇨ 名詞

例句

❀ 彼女はゴルフに才能を発揮した。
她發揮了高爾夫的才華。

さいわ
幸い •track 122
義 幸福、幸運、有幫助、幸好 ⇨ 名詞、な形

例句

❀ お役に立てば幸いです。
如果我可以幫上忙將感到很榮幸。

❀ 私が訪ねたとき幸い彼は在宅だった。
我去拜訪的時候很幸運他在家。

さが
探す •track 123
義 找、尋找 ⇨ 動詞

例句

❀ 毎日職を探して歩き回っている。
每天為了找工作而到處奔走。

さかのぼる
•track 123

義 回溯、逆流而上　⇨動詞

例句

❀ 今(いま)から10年前(ねんまえ)にさかのぼってみよう。

回溯到距今10年前。

逆(さか)らう
•track 123

義 逆、違背、反抗　⇨動詞

例句

❀ 親(おや)に逆(さか)らう。

忤逆父母。

支(ささ)える
•track 123

義 支撐、維持　⇨動詞

例句

❀ 杖(つえ)で体(からだ)を支(ささ)える。

用枴杖支撐身體。

❀ 彼(かれ)は家族(かぞく)を支(ささ)える。

他支撐(維持)著家庭。

ささやか • track 123

義 細小、小規模、微薄 ⇨ な形

例句

❀ ささやかな店（みせ）を営（いとな）んでいる。

經營著一間小小的店鋪。

さすが • track 123

義 真不愧是、的確、果然 ⇨ 副詞、な形

例句

❀ 一人暮（ひとりぐ）らしはさすがに寂（さび）しい。

一個人生活果然很寂寞。

雑談（ざつだん） • track 124

義 閒聊 ⇨ 名詞

例句

❀ 田中先生（たなかせんせい）は授業中（じゅぎょうちゅう）によく雑談（ざつだん）をする。

田中老師上課時很喜歡閒聊。

さっぱり

• track 124

義 俐落、直爽、爽快、清淡、完全 ⇨副詞

例句

❀ お風呂に入るとさっぱりします。

洗完澡後很清爽。

❀ さっぱり思い出せない。

完全想不起來。

錆びる

• track 124

義 生銹、退化無用 ⇨動詞

例句

❀ 水分は鉄を錆びさせる。

水分會讓鐵生銹。

❀ 私のフランス語は少々錆びついてしまった。

我的法語已經有點退步了。

差別する

• track 124

義 歧視 ⇨動詞

例句

❀ 年寄りを差別する。

歧視老人。

さほう
作法 •track 124
義 禮節、禮貌 ⇨名詞

例句

❀ 食卓での作法を守る。
遵守餐桌禮節。

さらに •track 124
義 更加、更進一步、並且、再 ⇨副詞、接續詞

例句

❀ さらに検討する必要がある。
有必要更進一步討論。

さ
去る •track 125
義 離開、經過 ⇨動詞

例句

❀ 夏が去って秋が来た。
夏去秋來。

騷(さわ)がしい •track 125

義 吵鬧、騷然 ⇨ い形

例句

❀ 隣(となり)の子供(こども)たちはいつも騒(さわ)がしい。

隔壁的孩子一直都很吵鬧。

司会(しかい) •track 125

義 司儀 ⇨ 名詞

例句

❀ 山田氏(やまだし)が披露宴(ひろうえん)の司会(しかい)をした。

山田先生是婚禮的司儀。

沈(しず)む •track 125

義 下沉、消沉 ⇨ 動詞

例句

❀ 船(ふね)は台風(たいふう)のために沈(しず)んだ。

船因為颱風的關係沉了。

次第に（しだい）　•track 125

義 逐漸　⇨副詞

例句

❀ 彼女（かのじょ）の姿（すがた）は次第（しだい）に闇（やみ）の中（なか）に消（き）えていった。

她的身影逐漸消失在黑暗中。

親しい（した）　•track 125

義 親近　⇨い形

例句

❀ 親（した）しい友人（ゆうじん）。

親近的朋友。

しつこい　•track 125

義 煩人、糾纏不休、油膩　⇨い形

例句

❀ 彼（かれ）がしつこくて困（こま）った。

他糾纏不休讓人很困擾。

実施(じっし)する ●track 125

義 實施 ⇨ 動詞

例句

❀ 法律(ほうりつ)を実施(じっし)する。

施行法律。

質素(しっそ) ●track 125

義 樸素、儉樸、簡陋 ⇨ 名詞、な形

例句

❀ 質素(しっそ)な服装(ふくそう)をする。

穿樸素的服裝。

しばしば ●track 125

義 常常、每每、屢次 ⇨ 副詞

例句

❀ この地方(ちほう)ではそのようなことがしばしば起(お)こる。

在這個地方像那種事常常會發生。

じみ
地味 • track 125
義 樸素、不顯眼、普通 ⇨名詞、な形

例句

❀ 地味な服装をする。
穿不起眼的衣服。

し
占める • track 125
義 占有 ⇨動詞

例句

❀ 彼は会社で重要な地位を占めている。
他在社會上占有重要的地位。

しゅざい
取材 • track 126
義 採訪 ⇨名詞

例句

❀ 彼は取材のために社長に会いに行った。
他為了採訪去見社長。

しゅだん
手段 •track 126

義 手段、方法 ⇨名詞

例句

❀ あらゆる手段を尽くす。

用盡了各種方法。

しゅっせ
出世 •track 126

義 成功、升職、出人頭地 ⇨名詞

例句

❀ 彼女は彼の出世を見て喜んだ。

她看到他成功覺得很開心。

しゅよう
主要 •track 126

義 主要 ⇨名詞、な形

例句

❀ 日本の主要な産業は自動車だ

日本的主要產業是汽車。

じゅんちょう
順調
•track 126
義 順利、良好 ⇨ 名詞、な形

例句

❀ 新製品は順調に売れている。
新商品順利熱賣。

しょうきょくてき
消極的
•track 126
義 消極的 ⇨ な形

例句

❀ 彼女はいつも消極的な意見を言う。
她總是說消極的意見。

しょうじき
正直
•track 127
義 老實、正直 ⇨ 名詞、な形

例句

❀ 正直な人。
老實人。

❀ 正直に言いなさい。
請老實說。

じょうしき
常識
• track 127

義 常識 ⇨名詞

例句

❀ 常識(じょうしき)があるからそんなことはしない。

因為有常識所以不會做那種事。

しょうち
承知
• track 127

義 了解、知道、同意、答應 ⇨名詞

例句

❀ そのことなら十分承知(じゅうぶんしょうち)している。

那件事的話我已經很了解了。

❀ ご承知(しょうち)のように。

如您所知。

しょうにん
承認
• track 127

義 同意、批准 ⇨名詞

例句

❀ それは社長(しゃちょう)の承認(しょうにん)を要(よう)する。

那需要社長的批准。

しょうひ
消費
•track 127

義 消費 ⇨ 名詞

例句

❀ 小麦（こむぎ）を消費（しょうひ）する。

消費小麥。

しょくば
職場
•track 127

義 職場 ⇨ 名詞

例句

❀ 職場（しょくば）に復帰（ふっき）する。

回到職場。

しんがく
進学する
•track 128

義 升學 ⇨ 動詞

例句

❀ 彼（かれ）は大学院（だいがくいん）に進学（しんがく）するつもりだ。

他打算念研究所。

文法篇 單字篇

しんこく
深刻 •track 128

義 嚴重、嚴肅 ⇨ 名詞、な形

例句

❀ 人口問題は一段と深刻になった。

人口問題變得更嚴重了。

しんだん
診断 •track 128

義 診斷 ⇨ 名詞

例句

❀ 診断を受ける。

接受診斷。

しんよう
信用 •track 128

義 相信、信任 ⇨ 名詞

例句

❀ 信用を得る。

得到信任。

❀ あの人の言うことは全然信用しない。

完全不相信那個人說的話。

しんらい
信頼 ● track 128

義 信頼、信任 ⇨ 名詞

例句

❀ この統計表は信頼出来る。

這個統計表可以相信。

ずうずう
図々しい ● track 128

義 厚臉皮、厚顏無恥 ⇨ い形

例句

❀ あいつはなんて図々しいやつだ。

他是個厚臉皮的傢伙。

すく
救う ● track 129

義 拯救 ⇨ 動詞

例句

❀ 山の遭難者を救う。

拯救山中遇難者。

優れる(すぐれる)

• track 129

義 出色、優秀　⇨動詞

例句

❀ スポーツでは彼(かれ)より優(すぐ)れている者(もの)はいなかった。

在運動方面沒有比他更優秀的人了。

スタイル

• track 129

義 樣式、型、體型、身材　⇨名詞

例句

❀ 彼女(かのじょ)はスタイルがいい。

她的身材很好。

すっきり

• track 129

義 舒暢、痛快、輕鬆、整潔　⇨副詞

例句

❀ 暑(あつ)い日(ひ)は冷(つめ)たい飲物(のみもの)がすっきりする。

很熱的日子喝冷飲很痛快。

❀ 髪(かみ)を短(みじか)くしてすっきりした。

把頭髮剪短覺得心情輕鬆很多。

すてき
素敵 • track 129
義 漂亮 ⇨ な形

例句

❀ 素敵(すてき)な女(おんな)の子(こ)に会(あ)った。
和漂亮的女孩子見面。

すで
既に • track 129
義 已經 ⇨ 副詞

例句

❀ 彼(かれ)らが着(つ)いた時(とき)には社長(しゃちょう)は既(すで)に出発(しゅっぱつ)していた。
他們到的時候社長已經出發了。

スムーズ • track 130
義 圓滿、順利、光滑 ⇨ 名詞、な形

例句

❀ 問題(もんだい)はスムーズに収(おさ)まった。
問題圓滿地解決了。

• track 130

義 狡猾、奸詐 ⇨ い形

例句

❀ 私に言わないなんてずるい。

不跟我說真是太奸詐了。

❀ 彼はずるい事をする。

他做了狡猾的事。

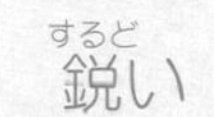

• track 130

義 尖銳、敏銳 ⇨ い形

例句

❀ マスコミは政府に対して鋭い攻撃を加えた。

媒體對政府加以尖銳的攻擊。

せき
咳

• track 130

義 咳嗽 ⇨ 名詞

例句

❀ 咳をする。

咳嗽。

せっかく　•track 130

義 難得、特意、好不容易　⇨副詞、名詞

例句

❀ 彼女がせっかく作ったご馳走がテーブルの上で冷たくなっている。

她特地做的飯菜都放在桌上冷了。

せっきょくてき
積極的　•track 130

義 積極的　⇨な形

例句

❀ 会議に積極的に参加する。

積極地參加會議。

せなか
背中　•track 131

義 背後、背　⇨名詞

例句

❀ 彼女は怒って背中を向けた。

她生氣地背對著我。

せめて
● track 131

義 至少 ⇨ 副詞

例句

❀ せめて声（こえ）だけでも聞（き）きたい。

想至少聽到聲音也好。

世話（せわ）
● track 131

義 照顧 ⇨ 名詞

例句

❀ 子供（こども）の世話（せわ）をする。

照顧孩子。

続々（ぞくぞく）
● track 131

義 接二連三、紛紛 ⇨ 副詞

例句

❀ 最近外国（さいきんがいこく）の歌手（かしゅ）が続々（ぞくぞく）と来日（らいにち）している。

最近外國歌手紛紛來台。

測定する（そくてい）　• track 131

義 測量　⇨動詞

例句

❀ 気温（きおん）の変化（へんか）を測定（そくてい）する。

測量溫度變化。

底（そこ）　• track 131

義 底、最下面、深處、谷底　⇨名詞

例句

❀ バケツの底（そこ）に穴（あな）があいている。

水桶的底部破了個洞。

阻止する（そし）　• track 132

義 阻止　⇨動詞

例句

❀ 法案通過（ほうあんつうか）を阻止（そし）する。

阻止法案通過。

そそっかしい

● track 132

義 粗心大意、冒失　⇨ い形

例　句

❀ 彼女(かのじょ)はまたそそっかしい間違(まちが)いをした。

她又粗心大意犯下錯誤。

そっくり

● track 132

義 相像、一模一様　⇨ 副詞

例　句

❀ 彼女(かのじょ)は母親(ははおや)そっくりだ。

她和媽媽長得一模一樣。

備(そな)える

● track 132

義 準備、設置、具備　⇨ 動詞

例　句

❀ 老後(ろうご)に備(そな)える。

為老後做準備。

それでも

• track 132

義 即使如此。 ⇨ 接續詞

例句

❀ 彼女(かのじょ)はきれいで親切(しんせつ)だが、それでも私(わたし)は彼女(かのじょ)が好(す)きになれない。

她既漂亮又親切，但即使如此我還是無法喜歡她。

それとも

• track 132

義 還是 ⇨ 接續詞

例句

❀ コーヒーですか、それとも紅茶(こうちゃ)にしますか。

要喝咖啡還是紅茶呢？

それに

• track 133

義 而且 ⇨ 接續詞

例句

❀ 部屋(へや)は机(つくえ)といすと、それに本棚(ほんだな)もあった。

房間有桌子、椅子，而且還有書架。

逸（そ）れる
● track 133

義 脫離正軌、走調 ⇨動詞

例句

❀ 飛行機（ひこうき）は予定（よてい）の航路（こうろ）から逸（そ）れていた。

飛機偏離了預定的航線。

❀ 彼（かれ）の話（はなし）はよくわき道（みち）に逸（そ）れる。

他說話經常會離題。

そろそろ
● track 133

義 慢慢地、該、馬上 ⇨副詞

例句

❀ そろそろ出掛（でか）けようか。

差不多該出門了吧。

た行

たいくつ
退屈　　● track 133

義 無聊、無趣　⇨ 名詞、な形

例句

❀ 彼女の話はいつも退屈だ。

她說的話一直都很無聊。

たいさく
対策　　● track 133

義 對策　⇨ 名詞

例句

❀ 事態の処理のために対策を講じる。

講解處理事情的對策。

たい
大した　　● track 133

義 驚人的、大量、了不起　⇨ 連體詞

例句

❀ あの人は大した小説家だ。

那個人是了不起的小說家。

❀ 大した損害ではなかった。

沒什麼大的損失。

たいしょう
対照

● track 134

義 對照、對比　⇨ 名詞

例句

❀ この二つ(ふた)は好対照(こうたいしょう)をなす。

這兩個是很好的對比。

たいめん
対面

● track 134

義 見面　⇨ 名詞

例句

❀ 彼(かれ)と10年(ねん)ぶりに対面(たいめん)できた。

相隔十年終於可以和他見面。

たいりつ
対立

● track 134

義 對立　⇨ 名詞

例句

❀ この問題(もんだい)に関(かん)して先生(せんせい)とは真(ま)っ向(こう)から意見(いけん)が対立(たいりつ)している。

關於這個問題，我和老師的意見對立。

たが
互い
• track 134
義 互相 ⇨名詞

例句

❀ 彼らは互いに尊敬し合っている。
他們互相尊敬。

たし
確か
• track 134
義 確實、確切、準確、可靠、信得過
⇨な形、副詞

例句

❀ この問題が試験に出るのは確かだ。
這一題考試一定會出。

たず
訪ねる
• track 134
義 拜訪、造訪 ⇨動詞

例句

❀ 先日彼らの家を訪ねた。
前幾天到他們家拜訪。

❀ 京都の神社を訪ねた。
造訪京都的神社。

ただし
track 135

義 可是 ⇨ 接續詞

例句

❀ 外出(がいしゅつ)は自由(じゆう)だ。ただし12時(じ)までには帰(かえ)らなければならない。

可以自由外出，但12點前一定要回來。

正(ただ)しい
track 135

義 正確、正當 ⇨ い形

例句

❀ あなたの判断(はんだん)は正(ただ)しい。

你的判斷是正確的。

立(た)ち上(あ)がる
track 135

義 站起來、重振、開始著手 ⇨ 動詞

例句

❀ 年寄(としよ)りに席(せき)を譲(ゆず)るために立(た)ち上(あ)がった。

為了讓座給老人而站起來。

❀ 彼(かれ)らは飢(う)えた人(ひと)を救(すく)うために立(た)ち上(あ)がった。

他們為了拯救飢餓的人民挺身而出。

達する（たっする）

• track 135

義 到達、達成 ⇨ 動詞

例句

❀ 目的地（もくてきち）に達（たっ）する。

到達目的地。

❀ 結論（けつろん）に達（たっ）する。

達成結論。

たった

• track 135

義 只、僅 ⇨ 副詞

例句

❀ たった500円（えん）では大（たい）した昼食（ちゅうしょく）はできないよ。

只有500日圓沒辦法吃像樣的午餐。

たっぷり

• track 135

義 充分、充滿、足夠 ⇨ 副詞

例句

❀ パンにバターをたっぷり塗（ぬ）る。

在麵包上塗滿奶油。

妥当（だとう）

● track 136

義 適當、妥當　⇨ 名詞、な形

例句

❀ 彼（かれ）が偉大（いだい）な音楽家（おんがくか）と呼（よ）ばれるのは妥当（だとう）ではない。

他被稱為是偉大的音樂家是不妥當的。

たとえ

● track 136

義 舉例、比方說、比喻　⇨ 名詞

例句

❀ いろいろなたとえを使（つか）って話（はなし）をした。

使用許多比喻來說。

❀ たとえを引（ひ）けば説明（せつめい）は簡単（かんたん）だ。

舉出例子的話就很容易說明了。

試す（ためす）

● track 136

義 嘗試　⇨ 動詞

例句

❀ 機械（きかい）がうまく動（うご）くかどうか試（ため）してみた。

試試看機器能不能順利運轉。

ためらう

•track 136

義 猶豫 ⇨動詞

例句

❀ 彼(かれ)はその危険(きけん)を冒(おか)すのをためらった。

他在猶豫要不要冒那個險。

ためる

•track 136

義 儲蓄、存、累積、收集 ⇨動詞

例句

❀ 彼(かれ)は大金(たいきん)をためていた。

他存了很多錢。

担当(たんとう)する

•track 137

義 負責 ⇨動詞

例句

❀ 彼(かれ)が会計(かいけい)を担当(たんとう)した。

他負責會計。

単(たん)なる

• track 137

義 僅僅、只不過 ⇨動詞

例句

❀ 彼(かれ)は単(たん)なるサラリーマンではない。

他不僅僅是上班族。

ちっとも

• track 137

義 一點也… ⇨副詞

例句

❀ ちっとも知(し)らなかった。

一點也不知道。

着々(ちゃくちゃく)

• track 137

義 穩步順利地、逐步地 ⇨副詞

例句

❀ 研究(けんきゅう)が着々(ちゃくちゃく)進(すす)む。

研究順利地逐步進行。

ちゃんと
• track 137

義 規規矩矩、如期、好好地 ⇨副詞

例句

❀ ちゃんと仕事(しごと)をする。

好好地工作。

注意(ちゅうい)
• track 137

義 注意、警告、留意、當心 ⇨名詞

例句

❀ 仕事(しごと)に対(たい)して注意深(ちゅういぶか)くなければならない。

對工作不提高警覺不行。

❀ 彼(かれ)は健康(けんこう)に注意(ちゅうい)している。

他很留意健康。

❀ お酒(さけ)を飲(の)み過(す)ぎないよう注意(ちゅうい)した。

勸告不要喝太多酒。

中止(ちゅうし)する
• track 138

義 中止、停止 ⇨動詞

例句

❀ 支払(しはら)いを中止(ちゅうし)する。

停止支付。

ちゅうもん
注文

• track 138

義 訂貨、要求 ⇨ 名詞

例句

❀ インターネットで注文（ちゅうもん）する

在網路上訂貨。

ちょうせつ
調節

• track 138

義 調節、調整、調劑 ⇨ 名詞

例句

❀ このスイッチで部屋（へや）の温度（おんど）を調節（ちょうせつ）できる。

這個開關可以調節房間的溫度。

ちょしゃ
著者

• track 138

義 作者 ⇨ 名詞

例句

❀ 著者不明（ちょしゃふめい）の小説（しょうせつ）。

作者不明的小說。

貯蔵(ちょぞう)する

track 138

義 儲藏 ⇨動詞

例句

❀ 果物(くだもの)は砂糖(さとう)漬(づ)けにして貯蔵(ちょぞう)する。

水果用砂糖醃漬後儲藏。

散(ち)らかる

track 138

義 散亂、亂七八糟 ⇨動詞

例句

❀ 彼女(かのじょ)の部屋(へや)はいつも散(ち)らかっている。

她的房間一直都很亂。

続(つづ)く

track 139

義 繼續、連續 ⇨動詞

例句

❀ 会議(かいぎ)は延々(えんえん)と続(つづ)いた。

會議沒完沒了的繼續著。

勤(つと)める

• track 139

義 工作、擔任、當、做　⇨ 動詞

例句

❀ 兄(あに)は自動車会社(じどうしゃがいしゃ)に勤(つと)めている。

哥哥在汽車公司工作。

つながり

• track 139

義 關聯、連接、關係　⇨ 名詞

例句

❀ 食物(しょくもつ)と健康(けんこう)の間(あいだ)には密接(みっせつ)なつながりがある。

食物和健康之間有密切的關係。

適(てき)する

• track 139

義 適合、適應、適宜　⇨ 動詞

例句

❀ その服装(ふくそう)はジョギングに適(てき)していない。

那套服裝不適合慢跑穿。

適切（てきせつ）
track 139

義 恰當、妥當 ⇨ 名詞、な形

例句

❀ 適切（てきせつ）な処置（しょち）をとる。

妥當的處理。

でたらめ
track 139

義 荒唐、胡來、胡說 ⇨ 名詞、な形

例句

❀ あの話（はなし）はでたらめだった。

那故事是胡說八道的。

手続き（てつづき）
track 140

義 手續 ⇨ 名詞

例句

❀ 輸出（ゆしゅつ）の手続（てつづ）きは今月中（こんげつちゅう）に完了（かんりょう）しなければならない。

出口的手續一定要在這個月中完成。

てつや
徹夜
● track 140

義 熬夜 ⇨ 名詞

例句

❀ 徹夜して勉強する。

熬夜念書。

てま
手間
● track 140

義 工夫、勞力時間 ⇨ 名詞

例句

❀ パソコンのおかげで大いに手間が省けた。

多虧有電腦省了很多工夫。

てんかい
展開する
● track 140

義 展開、展現、開展 ⇨ 動詞

例句

❀ 新局面を展開した。

展開新局面。

❀ 大海が目前に展開した。

大海開展在眼前。

でんごん
伝言 ●track 140

義 留言、傳話 ⇨ 名詞

例句

❀ 社長からの伝言を頼まれています。
（社長＝しゃちょう、伝言＝でんごん、頼＝たの）

社長要我傳話。

でんとう
伝統 ●track 140

義 傳統 ⇨ 名詞

例句

❀ 伝統を破る。
（伝統＝でんとう、破＝やぶ）

突破傳統。

ときどき
時々 ●track 141

義 時時、時常 ⇨ 名詞、副詞

例句

❀ 彼は時々訪ねてくる。
（彼＝かれ、時々＝ときどき、訪＝たず）

他經常來訪。

とくい
得意

● track 141

義 得意、滿足、自滿、拿手 ⇨ 名詞、な形

例句

❀ 彼女は有名人と並んで写真を撮っては得意になっている。

她因為可以和名人一起照相而洋洋得意。

❀ 彼は英語が得意だ。

他擅長英文。

とくしょく
特色

● track 141

義 特色、特徵 ⇨ 名詞

例句

❀ 鼻の長いのがぞうの特色だ。

長鼻子是大象的特色。

とくてい
特定する

● track 141

義 特定、鎖定 ⇨ 動詞

例句

❀ 犯人を特定するのは難しい。

要鎖定犯人的身分很難。

溶ける(と)

• track 141

義 融化、溶化 ⇨ 動詞

例句

❀ 砂糖(さとう)は水(みず)によく溶(と)ける。

砂糖很容易溶於水。

ところが

• track 142

義 然而、可是 ⇨ 接續詞

例句

❀ 母(はは)は出掛(でか)けたと思(おも)っていた、ところが2階(かい)で昼寝(ひるね)していたんだ。

以為媽媽出去了，沒想到她在二樓睡午覺。

途中(とちゅう)

• track 142

義 中途、路上 ⇨ 名詞

例句

❀ 家(いえ)へ帰(かえ)る途中(とちゅう)で彼女(かのじょ)に出会(であ)った。

在回家的路上遇到她。

❀ 途中(とちゅう)で計画(けいかく)をあきらめる。

中途放棄計畫。

とっくに

track 142

義 老早、早就 ⇨副詞

例句

❀ 昼食(ちゅうしょく)の時間(じかん)はとっくに過(す)ぎている。

午餐的時間早就過了。

届(とど)く

track 142

義 達到、收到、周密 ⇨動詞

例句

❀ 荷物(にもつ)が昨日(きのう)届(とど)きました。

行李昨天收到了。

❀ 彼女(かのじょ)の声(こえ)は遠(とお)くまで届(とど)く。

她的聲音傳到很遠的地方。

整(ととの)う

track 142

義 整齊、完整、備齊、談好 ⇨動詞

例句

❀ 田中(たなか)さんは整(ととの)った服装(ふくそう)をしている。

田中先生穿著整齊。

❀ 朝食(ちょうしょく)の用意(ようい)が整(ととの)った。

早餐準備好了。

どな
怒鳴る ●track 142
義 大叫、大聲斥責 ⇨動詞

例句

❀ 先生(せんせい)に怒鳴(どな)られた。

被老師大聲斥責。

な行

ないよう
内容 ●track 143
義 內容 ⇨名詞

例句

❀ 伝言(でんごん)の内容(ないよう)は何(なん)ですか。

傳話的內容是什麼呢？

なお
直す ●track 143
義 改正、訂正、修理、恢復、弄整齊 ⇨動詞

例句

❀ 誤(あやま)りを直(なお)す。

訂正錯誤。

❀ ネクタイが曲(ま)がっているから直(なお)してあげよう。

領帶歪了，我幫你弄正吧。

なお
直る • track 143

義 改正、矯正、修理好、恢復 ⇨ 動詞

例句

❀ あの間違いはまだ直っていない。

那個錯誤還沒有改過來。

❀ お客様の機嫌が直るまで帰れなかった。

客人恢復心情之前不能回去。

なかよ
仲良し • track 143

義 要好、好朋友 ⇨ 名詞

例句

❀ あの二人は大の仲良しだ。

那兩個人是超級好朋友。

なだらか • track 143

義 緩坡、平穩、順利 ⇨ な形

例句

❀ なだらかな坂。

緩坡。

❀ なだらかに事が運ぶことを願っている。

祈禱事情能順利進行。

にっこり • track 144

義 笑嘻嘻的、微微一笑 ⇨副詞

例句

❀ にっこりと笑(わら)いかけた。

微微一笑。

睨(にら)む • track 144

義 怒視、瞪、注視、推測 ⇨動詞

例句

❀ 彼(かれ)に睨(にら)まれている。

被他注視著。

❀ 費用(ひよう)は10万円(まんえん)と睨(にら)んでいる。

費用推估是10萬日圓。

似(に)る • track 144

義 相似 ⇨動詞

例句

❀ あの子(こ)は父親(ちちおや)によく似(に)ている。

那孩子和爸爸很像。

盗む（ぬすむ）

• track 144

義 偷取、背著 ⇨ 動詞

例句

❀ 彼（かれ）は会社（かいしゃ）の金（かね）を盗（ぬす）んだ。

他偷了公司的錢。

❀ 先生（せんせい）の目（め）を盗（ぬす）んでカンニングした。

趁老師不注意作弊。

塗る（ぬる）

• track 144

義 塗 ⇨ 動詞

例句

❀ 壁（かべ）を白（しろ）く塗（ぬ）る。

把牆壁塗白。

願う（ねがう）

• track 145

義 請求、希望 ⇨ 動詞

例句

❀ ご成功（せいこう）を願（ねが）っております。

希望您可以成功。

❀ お手伝(てつだ)いをお願(ねが)いできますか。

可以請你幫忙嗎？

覗(のぞ)く ● track 145

義 窺視、向下望、看一看 ⇨動詞

例句

❀ すきまから覗(のぞ)く。

從縫隙窺看。

述(の)べる ● track 145

義 敘述、陳述 ⇨動詞

例句

❀ 意見(いけん)を述(の)べる。

陳述意見。

乗(の)り越(こ)す ● track 145

義 坐過站 ⇨動詞

例句

❀ 友達(ともだち)としゃべっていて乗(の)り越(こ)してしまった。

和朋友聊天結果坐過站。

は行

激しい（はげしい） •track 145

義 激烈、遽烈、猛烈 ⇨ い形

例句

❀ 激しく議論する。（はげしく　ぎろん）

很激烈的討論著。

外れる（はずれる） •track 145

義 脫離、掉下、偏離、不準 ⇨ 動詞

例句

❀ ボタンが一つ外れている。（ひと　はず）

鈕子掉了一個。

❀ 天気予報が外れた。（てんきよほう　はず）

天氣預報不準。

パターン •track 146

義 模式 ⇨ 名詞

例句

❀ 彼のやることはワンパターンだ。（かれ）

他做的事都是同一模式。

はっき
発揮する
● track 146
義 發揮 ⇨動詞

例句

❀ 実力（じつりょく）を発揮（はっき）する。
發揮實力。

はっけん
発見する
● track 146
義 發現 ⇨動詞

例句

❀ 誤（あやま）りを発見（はっけん）した。
發現錯誤。

はっこう
発行する
● track 146
義 發行、出版、發售 ⇨動詞

例句

❀ 雑誌（ざっし）を発行（はっこう）する。
發行雜誌。

ばったり

• track 146

義 突然相遇、突然停止、突然倒下 ⇨ 副詞

例句

❀ 私(わたし)はばったり彼女(かのじょ)に出会(であ)った。

我突然遇到她。

派手(はで)

• track 146

義 花俏、華麗 ⇨ 名詞、な形

例句

❀ 派手(はで)な服(ふく)を着(き)る。

穿著花俏的衣服。

話(はな)し合(あ)う

• track 146

義 談話、商量 ⇨ 動詞

例句

❀ 仕事(しごと)のことで課長(かちょう)と話(はな)し合(あ)った。

和課長商量工作的事情。

ひがい
被害
• track 147

義 受災、被害、損失 ⇨名詞

例句

❀ この町が受けた台風の被害は大きかった。

這個城市因颱風受到很大的損害。

ひかく
比較
• track 147

義 比較 ⇨名詞

例句

❀ 田中は課長とは比較にならない。

田中完全比不上課長。

ぴったり
• track 147

義 緊密、剛好、恰好 ⇨副詞

例句

❀ この本は子供にぴったりだ。

這本書剛好適合孩子。

ひつよう
必要　•track 147

義 必要、必須　⇨ 名詞 、 な形

例句

❀ 政府(せいふ)は必要(ひつよう)な手段(しゅだん)をとる。

政府採取必要的手段。

ひはん
批判する　•track 147

義 批評、指摘　⇨ 動詞

例句

❀ 彼(かれ)は私(わたし)を不真面目(ふまじめ)だと批判(ひはん)した。

他批評我不認真。

びみょう
微妙　•track 147

義 微妙　⇨ 名詞 、 な形

例句

❀ 微妙(びみょう)な区別(くべつ)。

微妙的差別。

ひょうか
評価 ●track 148

義 評價、評估、贊許 ⇨名詞

例句

❀ 世間(せけん)の評価(ひょうか)が高(たか)い。

來自社會大眾的評價很高。

ひょうばん
評判 ●track 148

義 評論、評價、名聲、風評 ⇨名詞

例句

❀ 首相(しゅしょう)は世間(せけん)の評判(ひょうばん)がよい。

首相在社會上的風評很好。

ひろ
拾う ●track 148

義 撿、挑出、攔、收留 ⇨動詞

例句

❀ 財布(さいふ)を拾(ひろ)った。

撿到錢包。

ひろ
広がる

• track 148

義 廣大、變寬、擴展、蔓延　⇨動詞

例句

❀ 火事(かじ)は隣(となり)のビルに広(ひろ)がった。

火災蔓延到隔壁大樓。

ふあん
不安

• track 148

義 不放心、擔心　⇨名詞、な形

例句

❀ 彼女(かのじょ)の安否(あんぴ)が分(わ)からず不安(ふあん)です。

不知道她的安危所以很不放心。

ふうん
不運

• track 148

義 不幸、倒霉　⇨名詞、な形

例句

❀ 不運(ふうん)な一生(いっしょう)を送(おく)る。

度過不幸的一生。

ふきゅう
普及する

●track 149

義 普及 ⇨動詞

例句

❀ 携帯電話は子供にまで普及している。

手機已經普及到了小孩的世界了。

ふくざつ
複雑

●track 149

義 複雜 ⇨名詞、な形

例句

❀ それを聞いて複雑な気持ちになった。

聽到那件事時心情很複雜。

ふく
含む

●track 149

義 含、帶有、包含 ⇨動詞

例句

❀ そのグループには子供2人が含まれている。

那一組包含了2個小孩。

❀ 彼女の言葉は拒否の意味を含んでいた。

她的話含有拒絕的意思。

ふざける

• track 149

義 開玩笑、打鬧 ⇨ 動詞

例句

❀ ふざけて言(い)ったんですよ。

只是開玩笑的啦。

不正(ふせい)

• track 149

義 不正當、不法 ⇨ 名詞、な形

例句

❀ 彼(かれ)はその会社(かいしゃ)を不正(ふせい)な手段(しゅだん)で手(て)に入(い)れた。

他用不正當的手段得到那間公司。

再(ふたた)び

• track 149

義 再次 ⇨ 名詞

例句

❀ 再(ふたた)び交渉(こうしょう)を開始(かいし)した。

談判再次開始。

ベテラン
track 150

義 老手、資深的人 ⇨ 名詞

例句

❀ 彼(かれ)はこの業界(ぎょうかい)のベテランだ。

他是這個業界的老手。

減(へ)る
track 150

義 減少、下降、餓 ⇨ 動詞

例句

❀ 収益(しゅうえき)が減(へ)った。

收益減少了。

❀ 腹(はら)が減(へ)った。

肚子餓了。

変更(へんこう)する
track 150

義 變更 ⇨ 動詞

例句

❀ 予定(よてい)を変更(へんこう)する。

變更預定。

ほしょう
保証 ・track 150

義 保證 ⇨名詞

例句

❀ 頭がいいからと言って出世するという保証はない。

就算聰明，也不保證就能成功。

ほぞん
保存する ・track 150

義 保存 ⇨動詞

例句

❀ 冷蔵庫に保存すれば1か月はもつ。

放在冰箱裡可以保存1個月。

ほとんど ・track 150

義 幾乎 ⇨副詞、名詞

例句

❀ 気温は去年とほとんど変わりがない。

氣溫和去年幾乎沒有不同。

ほぼ

track 151

義 大體上、大致、基本上　⇨ 副詞

例句

❀ その工事はほぼ完了した。

那個工程大致完工了。

掘る

track 151

義 挖掘　⇨ 動詞

例句

❀ 地面に深い穴を掘った。

在地上挖了很深的洞。

ぼんやり

track 151

義 模糊、看不清、恍惚、發呆　⇨ 副詞

例句

❀ 遠くに山がぼんやり見える。

遠方隱約可看到山。

❀ ぼんやりしていてファイルを間違って持って来てしまった。

因為精神恍惚所以不小心帶錯資料。

ま行

マイペース

• track 151

義 照自己的作法、我行我素，照自己的速度

⇨ 名詞

例句

❀ 彼女はマイペースで仕事をする。

她照自己的步調工作。

まさか

• track 151

義 想不到、難道、怎麼會、萬一　⇨ 名詞、副詞

例句

❀ まさかチャンピオンになるとは思わなかった。

沒想到會拿到冠軍。

増す

• track 151

義 增加、增長　⇨ 動詞

例句

❀ 体重が3キロ増した。

體重增加了3公斤。

まず
貧しい
track 152

義 貧窮、貧乏 ⇨い形

例句

❀ 彼(かれ)は貧(まず)しい家(いえ)に生(う)まれた。

他出生於貧窮的家庭。

❀ 想像力(そうぞうりょく)の貧(まず)しい人(ひと)だ。

想像力很貧乏的人。

まね
招く
track 152

義 邀請、招聘、招致 ⇨動詞

例句

❀ 夕食(ゆうしょく)に友人(ゆうじん)を招(まね)く。

邀請朋友來吃晚餐。

まぶしい
track 152

義 眩目、耀眼、光彩奪目、刺眼 ⇨い形

例句

❀ 太陽(たいよう)がまぶしかった。

太陽光很刺眼。

まもなく

track 152

義 不久、再一會兒　⇨副詞

例句

❀ あなたが行ってから間もなくして彼が来た。

你走了之後不久他就來了。

守る（まもる）

track 152

義 保護、遵守、保持　⇨動詞

例句

❀ 名誉を守る。

保護名譽。

❀ 沈黙を守る。

保持沉默。

❀ 約束を守る。

遵守約定。

まるで

● track 153

義 好像、就像、完全、全然 ⇨副詞

例句

❀ 試験の結果はまるで駄目でした。

考試的結果完全不行。

❀ あの人はまるでアメリカ人のように英語を話す。

那個人就像美國人一樣說著英文。

まれ

● track 153

義 少有、罕見、稀奇 ⇨な形

例句

❀ こんな出来事はまれにしか起こらない。

像這種事件很少會發生。

磨く（みがく）

● track 153

義 擦、刷、磨、鍛鍊、磨練 ⇨動詞

例句

❀ 歯を磨く。

刷牙。

❀ 才能(さいのう)を磨(みが)く。

精進才能。

みかた
味方

•track 153

義 盟友、伙伴 ⇨名詞

例句

❀ あなたはどちらの味方(みかた)ですか。

你是站在哪一邊呢？

みごと
見事

•track 153

義 美麗、出色、精彩、完全 ⇨な形、副詞

例句

❀ 予想(よそう)が見事(みごと)に的中(てきちゅう)した。

預測完全正確。

みと
認める

•track 153

義 看見、承認、判定、許可 ⇨動詞

例句

❀ 自分(じぶん)の誤(あやま)りを認(みと)めた。

承認自己的錯誤。

みにく
醜い
• track 154

義 醜、難看 ⇨ い形

例句

❀ 腹(はら)が出(で)て醜(みにく)い。

肚子突出來很難看。

む
向ける
• track 154

義 向、朝、用作 ⇨ 動詞

例句

❀ 窓(まど)の方(ほう)に顔(かお)を向(む)ける。

把臉朝著窗戶的方向。

❀ スイスに向(む)けて出発(しゅっぱつ)した。

往瑞士出發。

❀ 一日(いちにち)のうち10時間(じかん)をピアノの練習(れんしゅう)に向(む)けている。

一整天有10個小時都用在練習鋼琴。

むしろ

track 154

義 不如說、寧可說　⇨ 副詞

例句

❀ 彼女(かのじょ)は歌手(かしゅ)というよりむしろ芸術家(げいじゅつか)だ。

與其說她是歌手不如說是藝術家。

無駄(むだ)

track 154

義 白費、浪費、徒勞　⇨ 名詞、な形

例句

❀ 忠告(ちゅうこく)をしても無駄(むだ)だった。

就算勸告也是白費。

❀ 金(かね)を無駄(むだ)にする。

浪費金錢。

夢中(むちゅう)

track 154

義 著迷、熱中　⇨ 名詞、な形

例句

❀ 彼女(かのじょ)は中国語(ちゅうごくご)の勉強(べんきょう)に夢中(むちゅう)である。

她熱中於學習中文。

面接（めんせつ）

•track 155

義 面試 ⇨ 名詞

例句

❀ 面接（めんせつ）を受（う）ける。

接受面試。

面倒（めんどう）

•track 155

義 麻煩、費事、照顧 ⇨ 名詞、な形

例句

❀ 毎回書類（まいかいしょるい）に書（か）き込（こ）むのは本当（ほんとう）に面倒（めんどう）だ。

每次都要填寫資料真的很麻煩。

❀ 子供（こども）の面倒（めんどう）を見（み）ている。

正在照顧孩子。

申し込む（もうしこむ）

•track 155

義 申請、提議 ⇨ 動詞

例句

❀ 直接（ちょくせつ）またはネットで申（もう）し込（こ）んでください。

請直接或是在網路上申請。

や行

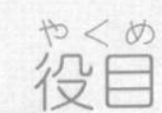

役目（やくめ）

● track 155

義 任務、職務 ⇨ 名詞

例句

❀ 子供（こども）を育（そだ）てるのは親（おや）の役目（やくめ）だ。

養育孩子是父母的職責。

やっと

● track 155

義 好不容易、終於、勉強 ⇨ 副詞

例句

❀ やっと問題（もんだい）が解（と）けた。

問題終於解決了。

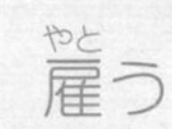

雇（やと）う

● track 155

義 雇用 ⇨ 動詞

例句

❀ その会社（かいしゃ）は500人（にん）の工員（こういん）を雇（やと）っている。

那間公司雇用了500名員工。

辞(や)める

•track 156

義 辭去、停止 ⇨ 動詞

例句

❀ 仕事(しごと)を辞(や)める。

辭職。

愉快(ゆかい)

•track 156

義 愉快、快活 ⇨ 名詞、な形

例句

❀ 彼(かれ)と愉快(ゆかい)に語(かた)り合(あ)った。

和他愉快地談話。

行方(ゆくえ)

•track 156

義 去向、下落、行蹤 ⇨ 名詞

例句

❀ 彼(かれ)の行方(ゆくえ)は分(わ)からない。

不知道他的行蹤。

譲(ゆず)る

track 156

義 轉讓、讓給、謙讓、出讓、延期 ⇨動詞

例句

❀ 財産(ざいさん)を息子(むすこ)に譲(ゆず)った。

把財產轉讓給兒子。

❀ 席(せき)を譲(ゆず)る。

讓座。

豊(ゆた)か

track 156

義 豐富、富裕 ⇨な形

例句

❀ 豊(ゆた)かな家(いえ)に生(う)まれた。

出生在富裕的家庭。

❀ 想像力(そうぞうりょく)が豊(ゆた)か。

想像力很豐富。

ゆだん
油断

• track 157

義 疏忽大意 ⇨名詞

例句

❀ 油断するとまた病気になりますよ。

疏忽的話又會生病喔。

ゆる
緩い

• track 157

義 緩慢、不急、不嚴格 ⇨い形

例句

❀ 靴のひもを緩く結ぶ。

把鞋帶綁得鬆鬆的。

❀ 川の流れが緩い。

河川水流得很慢。

❀ 管理が緩い。

管理很鬆。

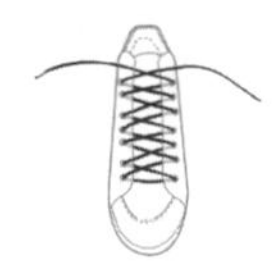

夜明け（よあけ） ● track 157

義 天亮、黎明 ⇨ 名詞

例句

❀ 彼（かれ）は夜明（よあ）け前（まえ）に帰宅（きたく）した。

他在天亮前回家了。

ら行

利点（りてん） ● track 157

義 優點 ⇨ 名詞

例句

❀ この製品（せいひん）は軽（かる）くて丈夫（じょうぶ）という利点（りてん）がある。

這個產品的優點是又輕又堅固。

れいぎ
礼儀 • track 157
義 禮貌 ⇨名詞

例句

❀ 人の足を踏んだら謝るのが礼儀だ。
踩到人的腳要道歉是禮貌。

レベル • track 157
義 程度、層級 ⇨名詞

例句

❀ この国は文化のレベルが高い。
這個國家的文化程度很高。

れんぞく
連続する • track 157
義 連續 ⇨動詞

例句

❀ 3日間連続して雨が降った。
連下3天雨。

わ行

わがまま

track 158

義 任性、放肆 ⇨ 名詞、な形

例句

❀ わがままを言（い）うんじゃない。

不可以說任性的話。

❀ 親（おや）の言（い）うことを聞（き）かないわがままな少年（しょうねん）。

不聽父母的話，任性的少年。

わずか

track 158

義 僅僅、一點點、稍稍 ⇨ 名詞、な形

例句

❀ 部屋（へや）にはわずかな服（ふく）しかなかった。

房間裡只有一些衣服。

❀ わずかな差（さ）で2位（い）だった。

只差一點而屈居第二。

わた
渡る

• track 159

義 橫越、歷時、過日子 ⇨動詞

例句

❀ 横断歩道を渡る。

過班馬線。

❀ 解答用紙は全員に渡りましたか。

答案紙已經傳給所有的人了嗎？

わりあい
割合

• track 159

義 比例 ⇨名詞

例句

❀ 男子生徒と女子生徒の割合は4対2である。

男學生對女學生的比例是4比2。

割(わり)に ・track 159

義 出乎意料、沒想到、比較 ⇨副詞

例句

❀ 割(わり)に早(はや)く着(つ)いた。

沒想到提早到了。

永續圖書
線上購物網

www.foreverbooks.com.tw

- 加入會員即享活動及會員折扣。
- 每月均有優惠活動，期期不同。
- 新加入會員三天內訂購書籍不限本數金額，即贈送精選書籍一本。（依網站標示為主）

專業圖書發行、書局經銷、圖書出版

永續圖書總代理：
五觀藝術出版社、培育文化、棋茵出版社、大拓文化、讀品文化、雅典文化、知音人文化、手藝家出版社、璞申文化、智學堂文化、語言鳥文化

活動期內，永續圖書將保留變更或終止該活動之權利及最終決定權。

日檢單字+文法一本搞定N2

雅致風靡　典藏文化

親愛的顧客您好，感謝您購買這本書。即日起，填寫讀者回函卡寄回至本公司，我們每月將抽出一百名回函讀者，寄出精美禮物並享有生日當月購書優惠！想知道更多更即時的消息，歡迎加入"永續圖書粉絲團"您也可以選擇傳真、掃描或用本公司準備的免郵回函寄回，謝謝。

傳真電話：（02）8647-3660　　電子信箱：yungjiuh@ms45.hinet.net

姓名：	性別：　□男　□女
出生日期：　年　月　日	電話：
學歷：	職業：
E-mail：	
地址：□□□	
從何處購買此書：	購買金額：　元
購買本書動機：□封面 □書名 □排版 □內容 □作者 □偶然衝動	
你對本書的意見： 內容：□滿意□尚可□待改進 封面：□滿意□尚可□待改進	 編輯：□滿意□尚可□待改進 定價：□滿意□尚可□待改進
其他建議：	

總經銷：永續圖書有限公司

永續圖書線上購物網

www.foreverbooks.com.tw

您可以使用以下方式將回函寄回。

您的回覆，是我們進步的最大動力，謝謝。

① 使用本公司準備的免郵回函寄回。

② 傳真電話：（02）8647-3660

③ 掃描圖檔寄到電子信箱：

yungjiuh@ms45.hinet.net

沿此線對折後寄回，謝謝。

廣 告 回 信
基隆郵局登記證
基隆廣字第056號

221-03

雅典文化事業有限公司　收

新北市汐止區大同路三段194號9樓之1

雅致風靡